大方

sight

六异录

朱大可——著

中信出版集团 | 北京

图书在版编目（CIP）数据

六异录 / 朱大可著 . -- 北京：中信出版社，2020.9

ISBN 978-7-5217-1792-1

Ⅰ . ①六… Ⅱ . ①朱… Ⅲ . ①短篇小说 – 小说集 – 中国 – 当代 Ⅳ . ① I247.7

中国版本图书馆 CIP 数据核字（2020）第 064526 号

六异录

著　　者：朱大可
出版发行：中信出版集团股份有限公司
（北京市朝阳区惠新东街甲 4 号富盛大厦 2 座　邮编　100029）
（CITIC Publishing Group）
承 印 者：浙江新华数码印务有限公司

开　　本：880mm × 1194mm　1/32　　印　　张：8.75　　字　　数：133 千字
版　　次：2020 年 9 月第 1 版　　印　　次：2020 年 9 月第 1 次印刷
书　　号：ISBN 978 – 7 – 5217 – 1792 – 1
定　　价：68.00 元

目录

幻术师

陈张贵妃名丽华，发长七尺，光可鉴人。瞻视盼睐，照映左右。后主起临春、结绮、望仙三阁以居之。妃常于阁内靓妆凭槛，宫中望之飘飘若神仙焉。与诸狎客共赋诗，互相赠答，采其尤艳丽者，被以新声，名其曲曰《玉树后庭花》。后隋灭陈，后主与妃共入景阳宫井，因号「胭脂井」。相传后主与妃泪染所致云。

——《古艳乐府·赤树谣》

1

全身赤裸的少年萧象，被无法摆脱的饥饿弄得怒火中烧。他决定在十五岁生日这天了结自己的生命，但他必须死在一棵能望得见故乡的树上。

他在树林里蹒跚地行走，肌肤肮脏，身上遍布被荆棘拉开的细小血痕。他沿着溪流向上奋力爬去，脚被锋利的砾石割开了很大的口子，鲜血直流，引发阵阵剧痛。但他依旧咬着牙攀去，仿佛在跟该死的命运赌气。雨季已经过去，月亮升上天穹，山里的秋虫在喜悦地鸣叫，而山溪的水声则有些发闷。

在山巅的平顶上，矗立着一株高大而孤独的榆树，从树下可以远眺远方，依稀辨认出村落、田野、山峦与河流。他饿得饥肠辘辘，头晕眼花，跌坐在杂草丛里，用野草编织起一根绳索，费力地把它搭在最低的树干上，打了一个活结，又费力地搬来几块石头，叠起来后站上去，把绳索套上细弱的脖子。

他看见几条灰色的生物在四周徘徊。它们穿过草丛，在他四周形成包围圈。听说山上有一种叫作狼的凶兽，但他已顾不上这种危险的生物。他喊了一声，连自己都不知道是什么意思，就闭上眼睛，一脚蹬开石头。绞索猛然抽紧，狠狠勒住他的咽喉，令他透不过气来。这是一次美妙的示范，饥饿的群狼为此饱受鼓舞，将他团团围住。额头带有白斑的头狼，再次跃起前肢，准备撕咬他的大腿，这时突然飞来一块小石，击中狼的前爪，它惨叫一声，跌落在草丛里，纹丝不动。剩下的众狼纷纷向后退去，仿佛遇见了可怕的劲敌。

萧象的意识在窒息和剧痛中迅速流逝，但他还能依稀看见，有个中年僧人，身披灰色僧袍，手持黄铜金刚杵，气定神闲地向他大步走来，而他则迅速沉入了无边的黑暗。

萧象再度醒来时，身子已经从树上解下，胯下的伤口也被仔细包扎过了，还敷上气味芬芳的草药。僧人面容祥和，沉声告诉萧象，他的小家伙已经丢了。萧象听罢放声大哭。

僧人说："这是你的大劫，逃不过的。但过了这劫之后，你就会逐渐转运，爬上人生的高位。"

萧象哽咽着，无法接受这个恶毒的现实："我只想很快死掉。但我真倒霉，连土地爷爷都不要我。”

僧人笑道，周身萦绕着若有若无的香气：“土地爷爷刚才说了，你的小命现在归我了。我叫你活着，你就得小心活着，不许有任何差池。”

萧象就这样跟僧人过起了山野生活。他找到一个空旷的山洞，以白云做棉絮，芭蕉叶做布料，落叶做床褥，树枝做板材，石块做瓦片，很快就变出一座镶嵌在石洞里的精美大屋。萧象看得呆了，知道遇见了神仙。

僧人法号圆空，是乾达婆转世，专门来东土度化有缘之人，精擅观星术、望气术、风水术和变化之术。他说见萧象双眼异常明亮，悟性也超乎常人，决定授其幻术，以作日后糊口用。平日除了采集野果和狩猎，剩下的时间，他都花在传经论道之上。

圆空取来一根枯木作为示范。它在他手里不断变幻，精巧的木棍、雕饰美妙的锡杖、闪闪发光的金锭、鲜脆欲滴的胡萝卜和红肿的男根……

圆空教他利用一切现存之物，完成幻化，方式是内在的意念、松弛的身姿、藏在袖中的手势加上默念的咒语。他说：“物件是可以随意变幻的。意到了，像也就到了。”

萧象幻化出的第一个物件，是个破了口的三彩陶碗，他灌注意念之后，烂碗化成一个秘色釉瓷碗，里面盛放着香气四溢的白米饭和一块红烧大肉。他被自己的造物惊呆了，张嘴想去吃它，刚一触碰，它便还原成那只烂碗。他再次怔住了，忧喜参半。

圆空笑了：“幻象就是幻象，它不可能成为实体，而且经不起触摸。你需要花很长时间，才能学会固化你的幻象，让它拥有更长久的生命。”

萧象此刻才真正懂得这幻术的深不可测。他长跪不起，以为自己遇见了天人。从此他成为圆空唯一的弟子，在深山里修炼，长达三年之久。

圆空的第一法则是“依象造像”。萧象必须学会仔细观察世间万物，将它们的每个细节都默记于心，只有这样，幻象才能毫无破绽。

萧象的练习从制造小景开始。他前往附近村庄和集市行乞，仔细观看各种细节，返回山里之后，就依样画葫芦地再现一遍。记不住的地方，只好用想象胡乱拼凑，却被师父一眼就看穿，将他骂得狗血淋头。多次反复之后，萧象终于学会了瞬间全息记忆，能在极短时间里记住对象的所有细节。他制造的幻象趋于完美，就连圆空都很难找出他的瑕疵。他就这样在山里跟师父一起修习幻术，缓慢成长，让自己也变成山野幻象的组成部分。

圆空传授的第二法则是“随心造像”。这个阶段的练习，更注重幻术师的自由组合、拼贴和原创。萧象营造了自己的幻象小品：身穿华服，佩戴硕大的男器，四周美女如云，在都市的豪宅里挥金如土；他甚至穿上不伦不类的官服，傲慢地站立于朝堂，俨然是皇帝身边运筹帷幄的国师。圆空看着那些野心勃勃的混乱幻象，不禁大笑起来："你这娃儿，野心比命还大。你得小心了，你的小命，托不住太重的欲念。"

在萧象即将技艺圆满的时刻，圆空向萧象说出最重要的第三法则：幻术之所以有效，依据的正是宇宙的法则，因为世间万物皆为幻象，没有例外。他援引《金刚经》的经文告诫他说："凡所有相，皆是虚妄，若见诸相非相，即见如来。"又曰："一切有为法，如梦幻泡影，如露亦如电，应作如是观。"

圆空神色凝重地告诫他："破解幻象的最高法，就是默诵《金刚经》经文，它是世间最强大的咒语，可以令一切幻象都烟消云散。"

圆空自称自己本来就是一个"幻影"，在念过咒语并跟他道别之后，就应该消失了，于是他的身子从头颅、身体到脚依次变成蓝紫色，然后逐渐变得透明，最后只剩下一只右手在虚空中摆动，向他道别，还调皮地拧了一下他的鼻子，然后，手从虚空中抽走，最后在山岗上化成一道彩虹。

圆空就这样消失得无影无踪，而他留下的日常用品，诸如铜杖、袈裟和饭钵，全部变作了砾石和泥土。

萧象对此深感震惊。他不知道圆空究竟是真人，还是仅仅是个可以触摸的幻象。师父遁走后的整整一个月，他都无法从这困惑中摆脱出来。他在内心早已视圆空为父亲。他知道自己从此将回到孤寂状态，起初有些害怕，随后便慢慢适应了，开始苦心练习幻术技法，长达五年之久。二十三岁时，他已经掌握了幻术的基本技法。

他决计为自己的小家伙复仇。他奋力爬上山头，寻找曾经伤害他的狼群。他发现了狼粪的踪迹，故意在它们行走的路径上放置鹿肉。浑圆的月亮升到天顶时，狼群出现了，领头的仍旧是他的死敌——那头白额头狼。它当年被圆空击中后腿，从此落下残疾。此刻，它闻出了某种危险而又熟悉的气味。

但它尚未来得及仔细分辨，萧象已经把悬崖变成了肥沃的草地。鹿群在草地上悠然散步，五彩缤纷的群鸟在上方盘旋。狼群变得亢奋起来，白额头狼起初有些迟疑，怀疑这景象的真实性，但在群狼的怂恿下，它开始领头向鹿群发起攻击，群狼紧随其后，奋力冲向子虚乌有的幻境，然后在嚎叫中先后坠下万丈悬崖。

师父和恶狼都已离他而去，萧象再次涌起无限孤独的感觉。望着山下炊烟四起的村庄，他想去拥抱他的邻人，对他们说，我曾经是你们中的成员。于是他挑着师父留下的被褥，披荆斩棘地向山下走去，找到群狼毙命的地点，按师父当年的指导，割了白额头狼的阳具，剥下它富有弹性的毛皮，然后埋葬了它的肉躯，因为其中混杂着他本人的血肉。

萧象衣衫褴褛，目光明亮，一头挑着被褥，一头挑着狼皮，大步走进了他久违的故里——蔡庄。人们从田头望着这个陌生人，表情冷漠，眼神里充满戒备。他们没有认出这个长大了的青年的风霜容颜。他们不知道，他将彻底改变这座村庄的命运。

2

老家的旧屋已经彻底倒塌，有用的砖木都被村民捡走，剩下的只是零星的瓦砾。茅草疯长，在萧象的膝盖四周摇晃。一个残破的灶头，孤寂地矗立在废墟中间，被一对刚生育的狐狸做了窝，仿佛是一种充满讽刺意味的记忆。

他在草丛里捡到一把发锈的柴刀，用它赶走小兽，在废墟上盖起一间草棚，以此暂避风雨。许多年没有跟人说话，他不仅变得口齿笨拙，而且有着严重的自闭倾向。他躲在棚屋里面，偷窥那些在附近走动的邻人们。

这天黄昏，当他再次朝外偷窥时，与一双美丽的眼睛发生短暂的对视。他吓了老大一跳，心怦然直跳，赶紧躲开，再回头看时，眼睛已经消失。他想爬出窝棚去看，迎面撞上一个女孩，她站在草棚前，睁大眼睛，兴致盎然地望着他，好像在观察一条闯进人间的野狗。

“你是谁？”女孩问道，声音悦耳得像在唱歌。

萧象清晰地记得，这是第一个跟他搭讪的村民。女孩是村里蔡员外的女儿，名叫水仙。她问了很久，萧象却说不出来，最后只好用幻术解释自己的来历。他营造出一个记忆里的家园：几间砖房，由土墙环抱，小院里是高大的芭蕉和竹子，金黄色的野花在墙下怒放。父亲荷锄归来，鸡鸭在身后尾随，母亲在灶前生火，淡淡的炊烟从烟囱里升起，与晚霞和雾霭融为一体。水仙看到，一个小男孩跑出院落，张开臂膀向水仙扑去，仿佛她就是那位归来的农夫。水仙有些尴尬，轻轻一挣，幻象便雾霭般退走了，她定神一看，原来抱住了萧象的身躯。她赶紧松手，两腮羞得通红。

水仙惊愕地说：“你会幻术？”

萧象点点头，结巴地说："我家，本来，就在这里……这是……我的儿时记忆，我……"

水仙恍然大悟，突然明白了他的来历。她知道，他就是那户相传被灭门的人家。刺客杀死父母，而后纵火焚烧宅子，仅有的一个男孩下落不明，仿佛遭到了命运的无情删除。这件案子，在方圆百里之内传扬了很久，而官府派员侦查，竟毫无头绪，时间长了，大家也就逐渐淡忘了。只是由于父亲跟屋主有几分交情，还偶尔在进餐时提及。

水仙打量着面前的青年，以往的记忆依稀浮现。她突然想起，他们曾经是青梅竹马的伙伴。此刻，他回到了这块出生地，想要找回失去的乐园。他身怀绝技，却如此迷惘，寡言少语，对世界充满疑惧。

水仙柔声安慰他说："你不要害怕，你小时候，我跟你一起在河边玩过。从今天起，我就是你最好的朋友。"

萧象怔怔地望着她，眼泪慢慢掉了下来。

几天后，经父亲的同意，她叫来几个佃农，帮着把茅屋扩建成三间，一间卧室，一间起居室兼客厅，另一间是厨房、餐室兼杂物间，又替他清理四周的田地，种下一些瓜果蔬菜，还用二十枚铜钱替他买了一头猪仔，放在猪圈里仔细养起来，指望他过年时可以打一下牙祭。

水仙拍着他的肩膀说："你看，事情就这样成了。这不是幻象，这是你的新家。"

在水仙的推动下，他逐渐把自己从自闭中抽身出来，投身于喧哗的村社生活。水仙带他去村口祠堂边看社戏。台上在演《昭君出塞》，舞台被松明照得雪亮，戏子们在台上盛装表演，唱他听不懂的戏文，整个场景跟师父营造的幻象一模一样。他惊呆了，以为这是一种更高级的幻术。他想，就像师父所说，山外有山，天外有天，在幻术之外，竟有更厉害的幻术。

水仙又领着他去看婚庆闹新房的场景，还有附近镇子里各种庙会、灯会、法会、集市、丧礼和规模盛大的傩祭。农夫和农妇们带着诡异的面具祭奠水神，互相向对方泼水桶里的清水。水仙泼了他一身，他也回泼水仙，把她的身子弄湿，衣服紧贴的身子，勾出丰乳肥臀的线条。萧象看得呆了。女孩笑道："没见过呀，你这呆子！"

有艺人到村里来表演鼠戏，背一个口袋，里面养着十几只老鼠，在村头的空地上敲一通锣鼓，见到村民都围了上来，就打开一个支架放在肩上，俨然是戏楼子的样子，拍着鼓板唱起了杂剧，小老鼠便纷纷从袋里钻出来，蒙着面具，穿着小戏服，越过他的后背爬上戏楼，像人那样站立舞动，演绎男女悲欢之情，跟戏文里的剧情丝丝入扣。萧象和水仙都看得呆了。水仙眼里都是泪水，怕被萧象笑话，就用手背偷偷抹了。

萧象决定在新家招待帮助过他的邻居们。他摆下了四五席饭菜，用松明把院落照得通明，然后在他们面前施行幻术。

一个华丽的舞台从黑暗深处浮现，戏子们开始表演《昭君出塞》，女戏子长得跟水仙一模一样，面容娇俏，檀唇微启，娇小的身躯被宽大的戏服裹住，仿佛天上降临的仙女。一切如幻如真，近在咫尺，又不可捉摸，像一出沉默无声的哑剧。

众人都看得呆了。就连水仙看见自己的模样，也惊愕得说不出话了，随后便吃吃地笑起来，狠狠拧了萧象一把。萧象没有去看身边的水仙，傻傻地笑着，眼睛死死盯住舞台，生怕幻象会被大风吹走。风是幻术师的头号敌人。

水仙的父亲蔡员外，见女儿跟一个双眼清亮的小伙子亲昵，心里突然起了一种感动，回家后就派媒婆上门，说服萧象下一个聘书到蔡家，以便娶水仙为妻，而后蔡家欣然答应，立即订下婚期。双方的计划就这样成了。萧象好生欢喜，在家里翻了几十个跟斗。

但在他跟水仙之间，突然出现了一个体格健壮的障碍，那就是邻村的农夫牛二郎。他是水仙从前的相好，这回闻讯赶来，堵着萧家的大门，要跟他理论。萧象一看，对方长得跟水牛似的，周身的肌肉都结成坚硬的疙瘩，眼里还烧起了火焰，心想不宜跟他硬干，就紧闭屋门，置之不理。牛二郎见萧象不敢迎战，也不肯离去，就在他门前的大树下一坐，准备跟他长期耗下去。邻人们见势都不敢来劝。

天黑之后，月亮已经上了树梢，牛二郎搬来一些麦秸，垫在身下，摆出一副打算过夜的模样。萧象看时机已到，就运起幻术，先是弄出一些磷火，绕着牛二郎上下起舞，接着又弄出一队白衣飘飘的幽灵，围着大树转来转去，在牛二郎的脖子后吹出凉气，吓得他面色惨白，不知该如何应对这些来历不明的鬼魂。最可怕的是，他还弄出几十只老鼠的幻影，在他身上窜来窜去，袖口进去，脖颈出来，又在他的裤裆里跳舞。这样到了午夜时分，牛二郎实在支撑不住，精神彻底崩溃，大叫一声，连滚带爬地从萧象门前逃走，再也没有回头。萧象就这样赶走了他的情敌。

一个月后，他跟水仙终于拜堂成亲了。蔡庄的居民都来道喜，厨房里堆满馈赠的米面、腊肉和腌菜，还有五两银子和八串铜钱。他后来把它们藏在房梁上的小木箱里，那是他最原始的财产。

人们最感惊愕的是，萧象死去多年的父母，突然出现在婚礼的现场，众人都非常都奇怪，他们从窗外翩然入屋，转了一圈，向一对新人做出道喜的姿势，又 言不发地飘然而去。

人们没有认出他们，便追到屋外查看，却见庭院里已升起阔大的舞台。此前，萧象悄悄到镇上看过几场歌舞大戏，全都记在心上，现在，他让那些歌舞逐一显现，舞女和丑角在台上曼舞，做出各种充满性暗示的举动，现场一片惊叹，转而化为欢声笑语。

萧象事先邀请几名农夫，用箫笛和羌鼓伴奏，按舞台上的表演节律，吹出江南吴歌，虽然音律不齐，倒也有几分城里的气韵。水仙拎着篮子在人群中穿梭，递送各种小食。农夫们一边欣赏幻影节目，一边去摸水仙的胸口和臀部。水仙咯咯笑着，躲避众多咸猪手的袭击。

在无限灿烂的焰火幻象中，萧象牵着水仙走进洞房，继续用幻术营造布景和道具——红色的蜡烛、黄铜的烛台、织锦镶边的细麻卧席、带流苏的绣花帐子。水仙情知这些都是幻象，憋不住吃吃笑着，跟萧象彼此脱去对方的衣服。只有香软的枕头和被褥是真的。它们喜悦地迎接着这对新人的肉身。

萧象望着钉在墙上的狼皮，一口吹灭蜡烛，让黑暗抹去所有幻象和实物，然后彼此试探，占有对方的身子，双双都有生不如死的感觉。围在门外听房的闲汉和婆娘，实在打熬不住，一哄而散。那是蔡庄有史以来最疯狂的夜晚。蔡庄的狐狸，第一次听见人类在通宵达旦地叫喊。它们感到莫名惊诧。十个月后，蔡庄的女人们诞下了三十多名婴儿。

水仙第二天在萧象的麻布软枕下，发现了一条形容猥琐的肉干。萧象涨红了脸，吃吃地解释说："那是狼鞭，辟邪用的。"

水仙摇晃它笑道："你的，比它厉害。"

萧象笑得有些尴尬。他情知自己是一个卑鄙的骗子。但他不想放弃这种骗术。无论如何，他爱这个女人，胜过世间万物。他坚定地抱着狼鞭，继续制造新婚之夜的幻象，依靠幻术来维系她的汹涌情欲。邻人都知道，他俩夜夜笙歌，比任何家庭都更加美满。

3

萧象在他所制造的床帏幻象中醉生梦死，就这样过了三年。水仙的肉身魅力逐渐淡弱，而萧象对用狼鞭欺骗老婆的勾当，也已经日益厌倦。他像一只野心勃勃的虱王，打算离弃它的寄主。他宣称要向州府进军，并承诺在赚到钱后，把水仙接到大城，去过那花团锦簇的日子。

水仙起初不同意，跟萧象大吵一顿，第二天突然又想通了，知道拦不住他，倒不如好好相送，就割了一只母鸡的脖子，摆下家宴，又煮上一锅香菜羹。她语重心长地对丈夫说：“这三碗香菜羹，可以泄三个月的欲火，但三个月之后，奴家就不能左右你了。”

萧象一口气喝下羹汤，抹着嘴笑了：“你不用担心，我一出此门，那话儿就会死掉。”

水仙轻声唱起了流行的“艳歌”：

念与君别离，气结不能言。各各重自爱，道远归还难。

萧象听罢，心里不免感伤起来，抱着妻子低声哭了一会儿。这是他毕生的第一个女人，也许还是最后一个。他用泪水跟她辞别，衣襟上沾着水仙的清水鼻涕，连夜离开了蔡庄，比当年走进这庄子时更加仓促和孤寂。当年，这个女人走进并穿过他的身子，然后被他抛弃在蔡庄的深处。星辰在墨色的苍穹上颤栗，它们在高声痛斥他的背叛。

但他还是义无反顾地走了，随身带着那张狼皮和那条狼鞭。他的下一个目标是广陵——一座伟大而繁华的城市。他必须穿越那些较小的市镇，在街头卖艺，制造幻术以愉悦他人，换取盘缠，就这样走走停停，如愿以偿地站立在广陵大城面前。踏上护城河的桥板，穿过高耸的拱形城门，他突然升起一种神圣庄严的感觉。这个来自大山的贫贱青年，终于身穿绸衣，体面地走进了浮华的都城。

他在街市上闲逛，看着那些卖炸豆腐的摊主、卖刺绣的秀色村姑，以及卖梨和柿子的老妪，闻见那些油炸食品和甜香水果的混合气味，为此感到心醉神迷。这才是我梦中的大城，它是我的最爱！他在心里热烈地想道，照在脸上的阳光，燃烧成了隐秘的火焰。

他看见一个幻术师团伙在街头表演幻象、幻景和幻境，由一对夫妻和一个徒弟构成。萧象一眼就识破了三人各自扮演的角色——满口金牙的汉子在暗中操纵幻术，妇人负责召集和笼络行人，而徒弟则负责道具和向看客收费。

高颧骨的妇人用悦耳的嗓音向众人说：“各位客官想

要钱财，不妨先在这袋子里放些钱种子，待会儿就会有大的收获。一枚钱可以换回十枚。这样的好事，你们谁愿意错过？”

行人一听说有钱，就纷纷慷慨交付铜钱，扔进那个袋子。金牙汉子从袋里取出一枚铜钱，埋进地里，用扇子装模作样地扇了一会儿，只见种子迅速发芽，长成一株树苗，又向上茁壮生长，变成形体高大的摇钱树，模样很像老榆树，上面却挂满成串的铜钱。徒弟用力一摇，树上的铜钱便纷纷坠落，妇人还来不及阻止，路人就一拥而上，疯狂地争抢起来，现场顿时乱作一团。

妇人又叫道：“大家别抢了，后面还有更大的金钱雨。”大家就停住了，又去等汉子的法术。他从袋子里取出几枚铜钱，向天空用力抛去，须臾之间，金钱便像雨一样从天上倾盆落下，整条街的人都来争抢，疯狂的喧闹声一直传到城外。徒弟收起沉甸甸的钱袋，跟着汉子和婆娘悄然离去。

萧象心里不忿他们以幻术骗钱，坏了幻术师的名节，想要教训一下这个团伙。他混迹于人群之间，低声念诵师父传习的《金刚经》。语词从他的舌头下涌现，像玛瑙、水晶和青金石那样在风中滚动，裹住了摇钱树。树的枝干迅速枯朽和塌陷下去，转瞬之间，那些众人手里的铜钱，都还原成枯叶、石粒和尘土。树叶在天上随风飘落，尘土则飞扬起来，吹迷了众人的双眼。

人们勃然大怒，转身去找，发现他们已经走远，便发一声喊，大伙儿追了过去，将三人围起来痛殴一顿，打得鼻青眼肿。汉子鼻子破了，满脸是血，怒气冲天地向人群看去，一眼就看到了混迹其间的萧象，便怒不可遏地瞪着他，眼里射出狼一般的凶光，仿佛要把他吃掉似的。萧象打了个寒噤，情知已被人发现，赶紧低下头去，转身溜走。

萧象选择了一家价格昂贵的邸舍下榻，用狼皮作为贴身褥子。随着岁月推移，他们间的关系正在变得日益亲昵。在每个夜晚，他都枕着狼头入睡。那对失神的狼眼凝视着他，仿佛在缄默中厮守秘密的法则。

他决定要成为一个有钱的人，并使用更高明的策略来获得利润。他以富商的身份，用十两银子预付了房钱。每天上午，他以本来面目走出会馆，然后躲进空无一人的小巷，在那里变幻自己的面容和衣妆，像野狼那样披上羊皮，再叫上轿子，走向不同的集市和店铺，用幻术展开各种交易。他一字不识，却凭着惊人的记忆力，记住了交易中发生的每一个数目。他在交易中展露了自己的记忆天赋。他知道，这是圆空师父逼出的技艺。

据《广陵府志》援引早已散佚的《蜃市》记载，他以枯叶幻化成黄金，在银市上跟人交换银两；他在帛市里以稻草幻化丝帛出售，在银铺里以石块幻化为银两，换回金子；在珠宝行里以石灰石幻化为青金石，以琉璃幻化为红蓝宝石，以甲鱼壳幻化为玳瑁，以牛角幻化为象牙和犀角，以泥土幻化为水银；又在皮草市里以烂麻布幻化为虎皮、熊皮和狐皮。萧象扮演十多个不同的角色，没有露出任何破绽，由此在各种集市上如鱼得水。他言辞不多，但眼光奇特，一眼就能看出货物的来历和等级，出价精准，令对手完全没有讨价还价的空间。

他的幻物可以支撑半月之久，因此这些骗术不易被人发现。他制造了大牌商人云集广陵的假象。即便事后被发现，当事人也不会联想到他头上。他们坚信是自己遭遇了偷盗而已。案件发生多了，整座广陵城都深受震撼，以为出现了江洋大盗，一时间人心惶惶。

这是巨商和大盗共存的时代，巨商招来了大盗和娼妓，却没有出现优秀的捕快。官府发下文书，以重金悬赏追拿盗贼。当地的盗贼被抓捕一空，尽管加以严刑拷打，却都无法坐实，因为没能搜出赃物。刑部也派专员查案，还是一头雾水，由此成为陈国历史上最棘手的悬案。

但萧象的幻物刺激了江淮一带的贸易和性产业。整座城市因他而变得繁华起来，而他顶着十几个名字，在广陵混迹了五年，为自己备置下大量钱财，几乎成了江淮一带最富有的商人。

他把这些财物都换成各色宝石，藏在他那根空心的竹杖里，而在黄金权杖头里，还镶有一颗世上最大的祖母绿宝石。他身穿昂贵的苏绣袍服，小牛皮的腰带配有天竺象牙带扣，其上镶满青金石、蓝宝石和水晶石，脖子上悬挂缅玉雕成的翡翠玉牌，一身珠光宝气，每一寸肉身都在喊出最昂贵的价格。这是扮演所需的戏服，更是满足虚荣的华服。他披挂华服和珠宝，试图以此来遮蔽贫困的童年。

他又租下一所主人刚刚病逝的豪华府邸，稍加改造，成了自己的新居，还雇了几名帮手，替他打理那些商业上的杂务。他脱身出来，出入达官贵人的场所，跟上流社会杯觥交错，俨然已是富可敌国的巨贾。

这天，他身穿便服独自去大明寺烧香，在寺前广场再次遇到那名幻术师，他正带着女人和徒弟，制造佛陀降临的幻象。神祇冉冉升起在半空中，金光四射。群众骚乱起来，他们跪倒在地，双手合一，对天膜拜，仿佛

他以枯叶幻化成黄金，在银市上跟人交换银两；他在帛市里以稻草幻化丝帛出售，在银铺里以石块幻化为银两，换回金子；在珠宝行里以石灰石幻化为青金石，以琉璃幻化为红蓝宝石，以甲鱼壳幻化为玳瑁，以牛角幻化为象牙和犀角，以泥土幻化为水银；又在皮草市里以烂麻布幻化为虎皮、熊皮和狐皮。

——《幻术师》

见到了真神。萧象这次不想拆穿对方，他转身向庙门走去，想置身事外，却被幻术师一把拦住。

“我终于找到你了，我能认出你贼亮的眼睛。”对方露出不怀好意的笑容，金色的门牙在阳光下熠熠生辉。

“我不认得你。”萧象故作镇定。

“这回我要让你彻底认得本爷。我姓老，我是你的老子。你前日坏了我的好事，如今我也要坏你的好事。”金牙娴熟地抓住他的衣襟，女人则从后面揪住腰带，徒弟趴在地上，一把抱住他的大腿。三人瞬间就手法熟练地把他制住，令他根本无法动弹。

“来吧小骗子，跟我去官府，我要揭发你的欺诈罪行。我已经盯你很久了，你才是真正的江洋大盗。”

萧象被紧紧缠住，无法施展幻术逃生，心想今天算是栽在同行手里，心里不免感到有些懊丧。他也不挣扎，任其叫骂和拖拽。捕快很快就到了，他被锁上铁链，押上马车，低着脑袋，任凭路人嘲笑和唾骂。这时他猛然想起师父圆空的教诲。圆空说：“你的小命，托不住这太重的欲念。”他一直在反抗师父提及的命运，却似乎难以逃脱谶言的限定。

萧象被关入阴冷的牢房，等待府尹第二天的堂审。他叫来牢头，手里托着一锭金子，笑着对他说：“你若给我弄些可口的饭菜，这个金锭便是你的。”牢头的眼睛瞬间亮了。他派人去附近的菜馆叫了一些酒菜，半个时辰后，饭盒就被小二送了进来。

萧象说：“你也一起来吃吧。”对方犹豫了一下，打开牢门，摆上桌椅和饭菜，又斟上了两杯小酒，跟他一起吃喝起来。见囚犯器宇不凡，便问他犯的是什么事儿。

萧象哈哈一笑：“被仇人栽赃而已。明天公堂一审，便会冤情大白。你这一桌饭菜，也算是雪中送炭，我将谨记在心，你日后的荣华富贵，都在我身上了。”牢头见对方出手阔绰，不免喜笑颜开。

萧象又说：“你再开一次门，酒喝多了，我要解手。”

牢头打开门，牵着萧象来到厕所。

萧象说：“里面太臭了，你在外面等等吧。”牢头迟疑了一下，解开他手上的铁铐。萧象笑着走进去，随即幻化成了砖墙。半晌没有动静，牢头有些狐疑，进去一看，里面哪里还有囚犯的影子。他慌乱起来，叫上一班狱卒四下搜查，却毫无结果，只好自认倒霉。牢头回屋拿起那个金锭，心想多少还有一点斩获，不料金锭突然间褪色变形，化作了小半块碎砖。

萧象此刻已经如释重负地走在石板街上。他为自己选择了一个衙门捕快的幻象，他的真身躲在这幻象里面，身穿黑色短褂，腰间佩戴用拐杖幻化的弯刀，被肃杀的秋风包围。他就这样披着幻象的外壳向城外逃去，大步流星，仿佛在追赶一个看不见的罪人。

4

萧象进入吴县，企图从那里东山再起。他改名换姓在街头卖艺，用幻术换取铜钱。这天遇到变戏法的，随身带着一口小箱子，高约一尺，里面装着一个身高只有两尺的小女孩。给他扔钱，他就打开箱子，让小女孩出来唱曲，唱完再关起箱子。

萧象见对方可疑，用幻象引开变戏法人，偷走箱子，找了一个僻静之处，打开箱子，细细加以盘问，这才知道，原来这袖珍女孩是一户读书人家的孩子，在街上玩耍时，被变戏法人用秘药迷住拐走，再给她服下一种天竺奇药，令她骨骼收缩一半，沦为演出工具。小女孩一边诉说，一边放声大哭，萧象暗自吃惊，这么一个小东西，流出的眼泪，竟然淹没了整个箱底。

萧象无力让小姑娘恢复真身，也不敢交付别人，只好把她带在自己身边，提着箱子，继续在街头卖艺，晚上让她睡在自己身边。她蜷缩着小身子，紧紧偎依着他，仿佛一只受冻的小猫。萧象长叹一声，像父亲一样把她揽在怀里，又想起自己的父亲，见他在朦胧的记忆中向自己点头不语。

萧象对她耳语说："给你取个名字，就叫'玲珑'吧。"玲珑脸上露出了高兴的神色，知道自己遇上了大恩人。她说："那好吧，从今往后，我就叫你爹爹吧。"萧象见她如此乖巧，感到满心喜悦。两人就这样彼此抱着睡去，仿佛一同进了乐园。

第二天早晨萧象走出客栈大门时，心却猛然抽搐起来，因为他看见一个拄杖乞讨的老妪，佝偻着身躯从他面前走过，手持一只残破的黑色陶碗，跟他当年用过的几乎一模一样。他觉得那就是他的生母，便一把扶住老妪问："你从哪里来？"

老妪是个哑巴，翻着长满白翳的眼睛，说不出话来。她停了一下，又兀自往前走着，好像刚才听见的，只是一阵耳语般的风声。萧象尾随她走过一条小街和两条巷子，见她在垃圾堆旁坐下了——那是个用烂布和破棉絮围起来的狗窝，散发出令人晕厥的臭气。萧象全身一震，眼泪夺眶而出。他走上前去，竭力用平静的语调说："你等我几天，我要给你一个暖暖的家。"

老妪茫然地望着面前的怪人，仿佛没有听懂这个瓦砾般破碎的语句。

他用藏在手杖里的宝石换了些银两，租下一个大宅院，又雇了一个管家和几个仆佣，说是要建一个老人院。他返回垃圾堆，从那里带回老妪，还派人四处搜寻相似的老年乞丐，最后找到了大约五十个，安置他们在老人院就住，给他们发放食物、衣物、被褥、拐杖和药物。

他指着白翳老妪对玲珑说："这是你的祖母，你要陪伴她，让她开心。"玲珑就走上前去，喊了一声"奶奶"，老妪先是吓了一跳，随即也喜悦起来，从白翳后射出了罕有的光亮。她把她抱在怀里，拉着她的小手反复端详，眉开眼笑，仿佛从垃圾堆里捡到一件旷世宝贝。

冬天很快就降临在江南一带。寒风起来之后，大雪飘然而至，雪花像羽绒一样堆在大地上，仿佛是一种来自上苍的冰冷的劝慰。冬至那夜，萧象用三十个大蒸笼，蒸出数千只热气腾腾的菜肉包子和白面馒头，在老人院内外派发。全城的穷人都来领受，一时间秩序大乱。萧象便蓄意制造了焰火和灯海的幻景，让天空、大地和街市都布满了五彩缤纷的灯盏。这个盛大而明亮的场面，转移了人们的注意力。民众眼望那些辉煌的景象，发出热烈的欢呼。

县令张申辅也闻讯赶来，面对这些蜃楼般的幻景，也发出了无限感慨的叹息。他向身边的书吏打听这是谁的杰作，书吏说：“此君名为‘孝芗’，他建的老人院，已经在本县声名远播。”县令脸色一凛：“浩荡世界，黑丑如墨，竟会有这等好人？本官务必要会他一会。”

但这场会面还没来得及安排，夏季洪灾引发的饥荒，便突如其来地降临了，城里到处是逃难的饥民。县令正焦头烂额地忙于赈济，不料就在寅月初九那天，太湖流域爆发了大规模暴动。豪绅刘万聚起逾万之众，把整座县城团团包围，扬言要么交出五百万两银子，否则就将整座城市踏为齑粉。

县衙派出密使向州府和朝廷告急，但皇帝醉心于声色犬马，对乡下的危机无动于衷。张申辅下令紧闭城门，组织民兵在城墙上巡视，又号召富户捐献钱财换取平安，但募集十五日之久，也只有三十万两之多，距离叛匪的要求还很遥远。他为此一筹莫展，面露绝望的神色。

这时书吏给他出了一个主意：“大人不妨请孝芗出面，他是江湖异人，或许会有退兵的良策。”

张申辅的眼睛为之一亮。于是，那场被推迟的会面，被再次提上了议事日程。第二天清晨，县令独自穿过伸手不见五指的迷雾，来到萧象所住的茅屋，轻叩柴门，看见一位青年儒者信步走出屋子，目光明澈，气宇非凡。县令脚下踉跄了两步，一时有些失态。他说：“久闻先生大名，特来拜见。”

萧象拱手还礼说：“大人亲抵寒舍，折煞了无名山人，不知大人有何见教？”

县令说：“小官无事不登三宝殿。今有要事相求。匪寇兵临城下，眼看吴县百姓将遭涂炭，不知先生可有退兵之策？”

萧象略一思索，便哈哈一笑：“请准备一些旌旗和草人，日落后树立在城墙之上。再派出一些探子，假意出城投诚，向对方释放援兵将至的消息。今夜子时三刻，请城中居民敲击一切有声之物，发出呐喊之声，每隔一炷香时间再来一遍，连续五遍，便可退兵。”

张申辅将信将疑。回到县衙之后，他开始按萧象的吩咐，晓谕全体民众，令他们务必全体出动，准备好锣鼓和锅瓢，按号令行事。子夜时分，第一道民众制造的喧嚣声冒起，锣鼓和叫喊声此起彼伏。萧象听到这个讯号，立即开始架设幻象，县城四周涌起漫天大雾，而城墙上则旌旗飘扬，无数士兵手持长矛在上面走动，仿佛援兵已经完成防御的布局。

刘万走出营帐远眺，起初并不以为然，还嘲笑说那只是草民的虚张声势。但随后一阵阵鼓噪传来，他的脸色渐渐变得难看起来。随后又连续有人前来密报，说陈国大将萧摩诃的先头部队，已经通过地下秘道入城，而后继军队将在明晨抵达，计划前后夹击翦除叛军。刘万在听到第三次内容相似的报告之后，终于支撑不住，长叹一声，神色颓唐地下令退兵。一个时辰后，叛军便从吴县城下撤走，消失得无影无踪。

太阳升起时分，雾气已经散尽，城墙上的旌旗还在飘扬，但杳无人迹；城外的民房和田野也现出原初的轮廓；大地上布满臭气熏天的垃圾和屎尿；一支箫管悠扬地吹响了，那是关于幻术退兵的赞歌。

萧象和张申辅都各自听见了报捷的锣鼓声。他们都知道，他们的努力得到了回报。吴县暂时被保住了，生灵涂炭的危险已经过去。张申辅亲自草拟布告，派众多衙役上街宣读，赞美上苍的庇佑，同时历数萧象的功绩，称赞他以奇术退兵，保全一城民众的生命。

当萧象提着安放玲珑的箱笼在城里走动时，行人纷纷向他问候。无论他在哪里就餐和购物，店主都拒收他的钱物。城隍庙的侧殿里，甚至出现了他的塑像。人们在给神祇上香的同时，也会给他的泥塑跪拜。他从未如此深切地感受过民众的崇拜。他以孤儿的身份，不安地接纳了这份美妙的礼物。

他对玲珑说："我们就在这里住下吧，这里是我们的新家。"玲珑说："爹爹，你就是我的家；你的家在哪里，我都无所谓的。"萧象哈哈一笑，把身穿白衣的玲珑抛向了天空。玲珑咯咯笑着，在半空里舒展双臂，仿佛一只初飞的小鹤。

这天，张申辅前来拜访，说是已经向朝廷荐举他的异能，皇帝龙颜大悦，已经下达诏书，命他陪同萧象一同赴京面圣。县令无法掩饰心头的狂喜，而萧象对此却很淡然。他刚刚适应这座繁华的城市，沉浸于现实的名望和幸福之中，对传言中的都城建康毫无兴趣，但县令语词峻切，说万万不可违抗圣命。

萧象只好把玲珑和老妪都交给老人院。他向她们郑重辞别，承诺这只是一次寻常的旅行，很快就会打道回府。老妪翻着长满白翳的眼睛，表情忧愁，却没说什么；玲珑躲进他的怀里哭泣，眼泪迅速打湿了他的整件袍子。萧象再度惊讶于这个小人儿竟有那么多的泪水。他勉强挤出笑容说："看你这小东西，这不是在给我洗澡嘛？"听见他的言语，玲珑不由得哭得更加悲切。

他突然想起跟妻子水仙道别的场景。是的，他身上背负着三个不同姓氏的女人，她们都是他的亲人。总有一天，他们会团圆的。他登上破旧的皇家驿车，在萧瑟的寒风里向北方行进。茫茫的田野一片死寂，看不到人和鸟的踪影。张申辅一直在沉睡，鼾声如雷，而他裹着咸湿的袍子，孤寂地静观着大雪覆盖的宇宙。

5

萧象能够清晰地记起他见到张贵妃时的情景，在那秋风萧瑟的夜晚，一个以美貌和妖术著称的女人，周身佩环叮当，头上挽着浓黑的发髻，眼含秋波，每一顾盼都生出万种风情，从长袖中散出的浓郁香气，令他陷入半昏迷的状态。他眼神恍惚，难以应答她的提问。

他警告自己说，这只是一个幻象而已。他用默诵经文来竭力抵抗。

女人名叫张丽华，是皇帝最宠爱的妃子。她微笑着凝视他，一眼就洞察了他的弱点："法师既然擅长幻术，就不会惧怕幻术，反而会对实相有所畏惧。来吧，不要反抗，把你的魂魄放到我的手上。"

萧象把手放在贵妃手里，觉得她的手像凝脂那样滑腻，却冷若冰霜。

贵妃牵起他的手，把他引向宫殿的深处。在那里，三百名年轻美貌的女巫，身穿麂皮短裙，敲击铁环单面鼓，单腿着地跳舞，唱诵意义不明的咒语。

张贵妃明眸皓齿地笑道："我的小女巫在为你助力。她们的能量可以消灭一切妖魔。"

张贵妃说完，丢下他，迈着舞步走向丹墀。在画龙雕凤的台座上，一个身穿华服的精瘦男子斜倚在软榻上，向她张开了慵懒的双臂。张贵妃坐上男人的大腿，搂定他的脖颈，然后回眸一笑，指着萧象说："喏，你要的幻术师，来了。"

萧象知道那就是文采天下第一的皇帝陈叔宝本人，他满脸倦容地打着哈欠，一见到来人，猛地合起张开的大嘴，摆出傲慢的表情："你就是那个传言中的退兵神人萧象？"

萧象依照张申辅的样子跪下去，连磕了三个响头。

皇帝笑道："我有新诗《玉树后庭花》一首，你不妨照此给我弄点什么动静出来。"他一拍掌，通往偏殿的大门被徐徐打开，那里早已云集了上千名宫女。她们云鬓高挽，姿容秀丽。担任指挥的太监蔡善儿开始奋力敲击鼍皮大鼓，全体女子随着鼓点整齐地摇晃身躯，低吟浅唱皇帝的诗句，悦耳的声音滚雷般响起，萦绕在乌云密布的宫廷上空，仿佛是气势磅礴的仙乐。萧象一时听得醉了。

丽宇芳林对高阁，新装艳质本倾城。
映户凝娇乍不进，出帷含态笑相迎。
妖姬脸似花含露，玉树流光照后庭。
花开花落不长久，落红满地归寂中。

张贵妃搂着皇帝的脖子，向萧象伸出纤细而坚定的手指："法师，我准许你在宫里做法。"

萧象缓过神来，知道皇帝和贵妃在探查自己的法力。他微微一笑，回到了自己的内心。他倾听那些华丽的诗句，辨认它们的语义，而后在心中筑起了意象。他用手掌轻轻推动，意象就从心里缓慢飘出。殿堂里涌起浓密的大雾，人们彼此都无法看见，而在迷雾消散的同时，人们看见了星光灿烂的夜空，以及三座被玉树环绕的华丽楼阁。一群容颜跟贵妃长相相同的娇艳女人，站在楼阁顶端，伸手摘取水晶星辰，把它们逐个扔给皇帝。而皇帝坐在自己的宝座上，手捧流光闪烁的星辰，目瞪口呆。

贵妃托起一枚半个拳头大的星辰，露出妩媚的笑容：

“好一个‘丽宇芳林对高阁，新装艳质本倾城’，只是法师的幻术，跟圣上的诗句略有差别。”

萧象拱手应道：“贵妃且慢慢再看。”

张贵妃和皇帝低头再看，手里的透明宝石，都悄然化成花瓣，散落在他们的手掌、膝盖和座下。她伸出两个手指，轻轻拈起一枚粉红色的花瓣，放在鼻下嗅了一嗅，其上犹自带着露珠和香气。大殿里寂然无声，仿佛都被这个奇迹震惊了。

皇帝不禁笑了起来：“果然是‘落红满地归寂中’。哈哈，大师了得。”

张贵妃坐在皇帝的膝盖上远望萧象，眼里燃起了炽热的火焰。

在一系列春夏秋冬的四季幻象之后，皇帝已经烂醉如泥，被人用小轿抬走，而张申辅也不知去向。张贵妃乘着酒意，在众目睽睽之下牵起萧象的手，说是要带他去继续品酒赏月。贵妃把柔软的小手放进他的大掌里，引他走过沉香木制成的雕栏长廊，登上华丽的“结绮阁”，掀开珠帘，走进了她的绮室。

那是用金玉和珠翠装饰的大屋，里面放有一张悬挂锦帐的床榻，以及象牙镶嵌的黄花梨木酒案。贵妃斟满玛瑙酒杯，递到他的手里，偎依在他身上，媚眼如丝地说："法师，今晚你是我的人了。我要你变走我的衣裾和钏钗，把我变到那边卧榻上，把我变成你的人儿。"

萧象惶恐地望着贵妃，以为那是一个天大的玩笑。皇帝的女人，竟然当着宦官和宫女的面跟他调情，这是要杀头连坐的大罪。他吓得汗如雨下。

贵妃莞尔一笑："法师，你的障眼法术呢？"

萧象听见心脏在胸膛里剧烈跳动，所有的血液都涌上头颅。他低声说："贵妃请等我一下。"他立起身来，走到楼阁外围的雕栏处，面对楼下的山石奇树，开始编织他的幻象戏剧。所有宫人都依稀看见，结绮阁陷入一片黑暗，似乎张贵妃已经入睡，而幻术师萧象独自一人离开了楼阁。他步履蹒跚，仿佛醉酒了一般，踉跄地从皇帝的临春阁前走过，然后消失在广场深处的阴影里。

居然什么事都没发生！那些热切期待中的人们，发出了大失所望的叹息，他们交头接耳，然后各自散去。宫廷沉入到午夜的死寂之中。

萧象做完这些之后，打开拐杖的中段，从中空的内胆里，取出了那根久未使用的狼鞭，小心地笼在袖里，定了定神，转身返回贵妃的绮室。越过闪烁的烛光，他看见她已卸下钏钗和佩环，宽衣解带地躺在帐幔里，肌肤若玉，笑颜如花。他周身的血液再次奔涌起来。他知道，那梦寐以求的时刻已经到来。

这是一个令人销魂的时刻。皇帝居住的临春阁，龚、孔二嫔所住的望仙阁，与结绮阁只有数丈之遥，彼此之间都有凌空的游廊衔接。他们随时可以闻声前来探查。但结绮阁的消息被幻术遮蔽了，就连那些贴身宫女都浑然不觉。他黄昏入宫，为皇帝谱写的诗歌制造幻象，而在午夜跟张贵妃幽会。他用狼鞭诱惑贵妃，令她无限销魂。但他却无法从中体验到多少快感。在最初的欲火熄灭之后，他回到了零度状态。贵妃纵情地骑在他的身上，发出裂帛般的叫喊，而他则像一个第三者那样静观，眼里露出难以掩饰的寂寞。

萧象很快就厌倦了这种床帏游戏，他向贵妃提出要回乡省亲一月，而贵妃则竭力挽留，径直为他向皇帝请求官职和府邸。陈叔宝刚刚杀掉与嫔妃通奸的中书通事舍人傅縡，就把这个闲职授给萧象。虽然品级不高，却是皇帝殿前的红人，他迅速成为权倾陈国的政坛名流，出入于宫廷密室，犹如出入烟花三月的青楼。

萧象的新居，紧邻当朝宰相江总和尚书孔范，是犯事下狱的前丞相的私产。鉴于他在朝中受宠，府邸变得门庭若市，溜须拍马者蜂拥而至，让他每天都漂浮在谀词的温泉之中。这些事物满足了他对于权力的渴望。另一方面，张丽华色欲难当，时常在午夜潜入他的府邸，向他索取床事。越过重兵把守的青砖高墙，她的欲望像夏季的睡莲那样怒放，而皇帝及其臣属对此一无所知。

萧象在宫中受宠，这事已经传成了满城风雨，京城的上流社会，都在神秘兮兮地颂扬他的神技。相传世间曾有三类幻术——器物幻术、风景幻术和人兽幻术，集三种幻术于一体的，即为旷古大师。人们奔走相告说，萧象的幻术，已经达到登峰造极的地步，跟他相比，一切幻术都只是江湖术士的低劣把戏。

萧象飙红的时节，江湖上开始出现一系列噩兆。大皇佛寺建造七级木质宝塔，还没有竣工，就突然发生大火，烧死众多工匠；建康城无故发生坍塌；一场古怪的大风摧毁了整座朱雀门，而在建阳门那边，有人看见青龙盘踞在城头，长达三日之久。皇帝本人也梦见有大批黄衣人包围京城，半夜吓醒，听从算命先生的劝告，把绕城种植的橘树全部砍掉。

更为蹊跷的是，还有无形的神仙在建康城里行走，自称是老子本人，跟路人说话，却无人能看见他的身形。他声称宫廷里出了妖孽，陈国已经大祸临头。有人向老子敬酒，眼看对方从虚空里接过酒樽一饮而尽，而后跟笑声一起被风吹远。有人向皇帝报告这事，但在场所有人都斥之为谣言，只有萧象明白，仇人金牙已经追踪而至。

6

萧象并未在意他的对手，他认为金牙技艺拙劣，不足挂齿。他派人送家书回乡，想要召唤妻子到京团圆，不料一个月后，送信人回报说，夫人被县令魏柯的小叔刘四霸占，因受辱而自杀身亡。官府一手遮天，又将他的岳父囚禁大牢，拷打致死，岳母也气病交加，奄奄一息。

萧象向皇帝和贵妃告假，说家里遭遇大难，要返乡处置。皇帝准许了他的请求，贵妃因身子严重虚亏，正好可以借此将息一段时日，所以也没有加以阻止。

萧象带着满腔仇恨，只身踏上了重返故乡的道路。蔡庄风景依旧，但故人已逝。他急切地推开水仙家的大门，岳母在里屋病得奄奄一息，她伸出枯槁的双手，无力地握住萧象的手，断断续续地告诉他父母双亡的真相——当年，他们为当时还是乡霸的魏柯所杀，目的是霸占他家的五十亩良田。萧象第一次听到父母的真实死因，旧恨新仇一起聚集在心头，周身的每个毛孔都在痛苦地叫喊，就像周身张开了一万张小嘴。

因当年要案在身，不敢以真面目见人，他只能装扮成一名年长的朝官，雇佣两名脚夫扮演侍从，前往县城拜访县令魏柯，强忍着怒气，说有人检举他贪赃枉法，要拿他问罪，希望他能有所反省。不料魏柯的妻舅是朝廷执法太监蔡善儿，对他的言语丝毫没有惧怕，反而嘿嘿一笑，露出傲慢的表情："这位大人，我虽然只是县官，但在朝廷里也是有人的。你自称来自京城，却不知我的背景，来历可疑，有冒名欺诈的嫌疑。"

萧象一时无语。他正想脱身，却被四名壮汉拿住。他哈哈一笑，掀起一阵迷雾，等到迷雾散开，四名皂隶发现自己抓住的，竟是魏大人的四肢，而萧象已经不知去向。魏柯被四人捏痛，勃然大怒，赏了他们一顿耳光，然后命令其依照萧象的面容，绘出缉拿榜文，务必要抓住这个施法术的骗子。

萧象情知自己的举动过于痴愚天真，思量了半天，决定动用私刑来履行公道。他在县城最大的饭庄"听风楼"里，安排了一个豪华的酒宴。他假扮当权太监蔡善儿的信使，派人下帖，盛情邀请魏柯和刘四赴席。

在酒楼上，他躲在白发老者的幻象里，郑重地向他们传达蔡善儿的旨令，说是朝廷面临北方大患，人才奇缺，要举荐他们到京城担任要职，次日辰时就要动身。两人听罢，不禁大喜过望。萧象还殷勤地劝酒，逼他们大口饮下毒液。杯觥交错之中，他仿佛穿越时间，亲眼见到他们在床上抽搐、打滚和死亡的情景，脸上露出复仇如愿的喜色。

第二天早晨，萧象从睡梦中醒来，听见窗外满是喜鹊叽喳的叫声，随后，仆人进屋来报告，说魏、刘两人昨夜突然暴亡，官府即将展开调查和搜捕。于是他再次匆忙地返回蔡庄，然而岳母已在黎明前撒手归天。

他生命中的最后一名眷属走了。萧象心里悲痛，独自挖开水仙的坟墓，为她仔细地擦拭每一根骨殖，然后由脚骨、胫骨、腿骨、盆骨、脊椎骨、肋骨、到头骨，把它们依次放入石瓮，最后又放上那条狼鞭，再以胶泥封口，跟她父母的棺材一起合葬。他还替他们全家立下一块石碑，上面没有文字，只是刻画了水仙花的图样。萧象取来毛笔，为那朵盛放的鲜花涂上白色。是的，他以狼鞭欺骗在先，又跟张贵妃苟且在后，他无耻地背叛了这个洁白的女人。此刻，他要向她归还生命的本色。

有位中年汉子，抱着两岁的小女儿前来吊唁，他就是牛二郎。他望着在墓碑上以笔描白的华衣男子，开口探问说："这位相公，你看起来不像那人，但举止和声音，却还是他的。另外，除了他，谁会如此对待这个被诅咒的家族。”

萧象闻声点点头，转而退出幻象，现出了自己的本相：“你的眼神真好。我要为当年戏弄之举，向你致歉。”

牛二郎点点头说：“果然是你。道歉就不用了。我后来才慢慢明白，那都是我自己的痴念。现在我有二十五亩水田，三个儿女，过着自在小康的日子。这就是我应有的宿命。”

萧象脸上露出深思的表情：“是啊，你比我活得更加明白。”

他打开手杖的内胆，取出里面的全部宝石，总计约五千两银子，交到牛二郎手里：“三年后，本地将面临大饥荒，你可以用来赈济蔡庄的乡邻们。我受这方土地的恩泽，无以为报。这是我的全部家产，都是真的，并非幻物，拜托你妥善处置。”

萧象还未等对方拒绝，就哈哈一笑，扔掉空无一物的手杖，然后飘然而去。

七天之后，萧象重新返回宫廷，向皇帝报到。在丹墀面前，他意外地见到了那名街头幻术师，他身穿锦袍，站在张贵妃身边，冲着萧象不怀好意地笑着，一对金牙在明亮的烛光里闪闪发光。

张贵妃也朝萧象笑道："这位大师刚走，就又来了一位更厉害的大师，陈国的人才，真是济济一堂呀。"她一脸妩媚地转向金牙，丝毫不掩饰对他的情意，一如此前她面对萧象那样。

自称"老子"的幻术师诡异地笑了："这位大师，我曾经领教过他的技艺，在下佩服得紧，相信他会给朝廷带来盛世气象。"

张贵妃对萧象说："这位老子先生来自先秦，已经有一千多年的高寿，不仅掌握永生的秘密，也是幻术的旷世高手，我想让两位比试一下，给本朝的诗词大会助兴。"

三百名女巫们在鼓声中狂热地舞蹈起来，喊出令人颤栗的古怪咒语。"老子"在这声浪的驱动下开始做法，把宫殿变成了庞大的果园。人们惊奇地看到，各种鲜花和水果挂满枝头，看起来色泽鲜艳，令人垂涎。两位宦官用托盘摘取龙眼、荔枝和蜜桃，送到皇帝和贵妃面前。张贵妃用纤手剥了一粒荔枝，把它放进皇帝嘴里。皇帝点头说："好甜。"

"老子"笑了，再次露出满口咄咄逼人的金牙："这是仙界的乐园，所结的圣果，吃一个可以防病祛病，吃五个可以延年益寿，吃上九个，就能长生不老，成为仙人。"

张贵妃笑着伸手指向萧象："现在该轮到你了。"

萧象躬身作揖说："承蒙陛下和贵妃如此厚爱，无以为报，这次，我要让各位看一看更加美妙的风景。"他口里默念《金刚经》咒语，甩开袍袖，掀起一阵凌厉的大风，果园的幻象被尽悉抹去，树枝上的水果化成了枯叶，而大树则变作破败的民房。皇佛寺的木塔在熊熊燃烧，建康城的朱雀门被狂风摧塌，绕城的橘树化成身披黄色藤甲的隋兵，他们高举黄旗杀入倒塌的城门，铁蹄沉重地踏着石板。宫廷里燃起了大火，侍卫、宦官和宫女们都在四散逃窜。皇帝和张贵妃面色仓皇，躲入了深井……

在场的所有人都被这恶毒的幻象惊呆。但陈国的终局还没来得及展现，就被皇帝的呵斥声打断了，他看着果盘里的枯叶，不禁勃然大怒，颤抖地指着萧象，一时说不出话来："你，你你你……"

太监蔡善儿高声喊道："来人啊，拿下这个蛊惑人心的骗子。"侍卫们手持方天戟和腰刀冲进大殿，宾客和宫女们发出惊骇的尖叫。张贵妃表情淡漠地望着萧象，摆出了袖手旁观的样子。

萧象对皇帝说："我这次回宫，只是想要告诉你们真相。你们这些可怜虫，靠风花雪月的幻象自我欺骗，难道不知道陈国的覆灭，就在旦夕之间？”

侍卫们将萧象团团围住。皇帝说：“给我拿下这个坏人，重刑伺候！”

萧象淡然一笑：“我怕你没这能耐。”这时大殿上突然出现无数个萧象，那是他的幻身，他们在人群间奔跑，又在丹墀和香炉之间跳跃和闪避。随后宫里开始起雾，浓得人都看不见自己的鼻子，侍卫们根本无从下手。这时皇帝开始慌张起来，他大声命人施法解除幻象，但“老子”对此无计可施。张贵妃脸色苍白，知道自己铸下了大错。

7

萧象趁乱逃出宫殿，穿戴衙门捕快的幻象，黯然回到吴县，在缉捕文书尚未到达之前，领着老妪和玲珑星夜离去。他们乘坐马车在路上颠簸了三天，又骑在马上摇晃了两个时辰，终于找到萧象当年拜师时居住的石穴。岩洞深广，里面还残留着当年生火的灰烬和睡觉用的草褥。玲珑问：“这里是大老虎住的地方吗？”

萧象说：“这是我当年的旧居，从此，我们祖孙三代就在这里安家吧。”玲珑撇着小嘴说：“爹爹骗人，好荒凉的地方，它不是你的家园，它是你的坟墓。”

萧象摇头笑道：“明早你来看我变的戏法。”他用燃烧的柏树枝赶走蝙蝠和毒蛇，然后让玲珑帮着采集枯叶和野草，而萧象自己则负责搬运砾石、泥土、树枝和藤蔓，弄得大汗淋漓。夜深时分，趁着老妪和小孩入睡，他开始施展法术，用那些杂碎营造出一座风格简朴的大宅。第二天早晨玲珑醒来时，几乎不敢相信自己的眼睛。萧象又用植入法，将幻象下载到老妪心间，让她无需使用长满白翳的老眼，就能看见他布置的幻象细节。老妇人欢喜极了，举着玲珑手舞足蹈，仿佛衰老的生命得以重新启动。

玲珑看着萧象把黄土变成餐具，又把杨花和柳絮变成织锦，树皮和杂草变成被褥，就疑惑地问道：“爹爹，这一切都是真的吗？”

萧象答道：“佛说，世间万物都出自你的内心。你觉得它是真的，它就是真的。”

玲珑大声说：“嗯，我希望它们是真的，而且永远都不会变回去。”

他们就这样在虚拟的世界里居住，快乐得犹如置身仙界。到处是檀木、鲜花、香草、雅器和美食，还有玲珑喜爱的玩具。萧象每天都把时间消耗在摆弄法术上，如同一名技艺卓越的细木作匠人，不断补充着幻象的细节，让屋宇和庭院变得更加完美。玲珑紧紧跟在身边，替他递送树叶之类的细琐物件，就像一条忠诚的小狗。她在努力掌握幻与真的技法和原理。

萧象的法术本身也在发生飞跃。越过圆空的边界，他先是顿悟了幻乐的原理，制造出天籁之音，让美妙的乐音充盈整个虚构的世界，继而又觉察了幻嗅的原理，让各种香气依时辰的变化而缠绕府第。他还把山鼠和狐狸变成侍女，邀请那些根本不存在的仙人前来做客，让家园保持宾客盈门的盛况。

就在一切都变得祥和如意的时刻，又聋又哑的白翳老妪突然病倒了，萧象努力用草药救治，却没有什么功效。临终前，她眼里的白翳突然消退，而且能开腔说话，令萧象大吃一惊。

“我要告诉你，什么才是终极的幻境……”她的声音细弱得犹如蚊子。萧象把脑袋贴近她无牙的嘴缝，听她说出了自己灵魂的见闻。在老妪断气之后，萧象忽然发现，自己所营造的幻象，只是世界景象的皮毛而已。他于是决定重新练习灵魂的观想。他对玲珑说：“我要从头开始。这么多年过去了，我好像依旧是一个白丁。”玲珑说："爹爹，你是我的烛光，我是你的飞蛾。我会天天陪你修炼的，我要替你养老送终。"

但玲珑未能实现她的诺言。三个月后，她身上的隐毒开始剧烈发作，几天后就弃世而去，她的身躯在死后蜷缩为一条毛虫，继而变成一枚黑色的化石。萧象放声大哭，把这块女儿的细小化石戴在胸前，仿佛一直在品尝她的余温。而后，他就撇开一切牵绊，投身于更加深邃的修炼。

数年之后，退休的前县令张申辅，听说萧象隐居山中，领着自己十二岁的儿子前去拜访，在樵夫的指引下，进入他的幻界，叩响了洞府的大门。萧象见到当年荐举自己的恩人，心里十分欢喜，视之为最贵重的宾客，用盛满葡萄美酒的白玉夜光杯款待他们，满桌摆的都是山珍。美女环绕，琴声缥缈，浓郁的香气仿佛来自天上。

张申辅发现萧象的双眼长满白翳，已经很难辨认四周的物体，心里顿时充满了怜悯。为了安慰萧象，他说出了陈国被隋所灭的消息。张丽华等人被晋王杨广斩杀，尸体扔进青溪，而陈后主则被带往洛阳，至今下落不明，那三座著名的绮楼，已经崩塌成了废墟。萧象听着这些天翻地覆的变故，表情恬淡，仿佛只是听见了秋虫的鸣叫。

萧象向他们展示自己所领悟的“终极幻境”。在那片极乐的国土上，到处是华美的楼阁，外表装饰着金银、琉璃、玛瑙和红蓝宝石，台阶和道路都用黄金铺就；高大的神树上，悬挂着各种闪烁发光的珍珠和海贝，还停栖着白鹄、孔雀、鹦鹉、舍利、妙声鸟和共命鸟；而在美丽的大湖上，洁白的莲花正在盛放；那些行走其间的仙人，面貌陌生而又亲近，仿佛曾经是他们身边的熟人；父子俩正在惊讶之中，天上又下起五彩缤纷的花雨，香气和天籁弥漫了整个世界。

幻境被收起之后，饮酒的狂欢还在持续，一直延展到第二天黎明。萧象把张申辅父子送出了大门。他在路边跟他们挥手告别，并像师父圆空那样，身子逐渐变得透明，消失在虚空之中，身后留下一道清淡的彩虹。

父子俩带着无限惊愕，手持酒杯，在大雾里转了半天，耳边依然萦绕着若有若无的仙乐，看见山路上堆满了黄叶，而藤蔓交缠的峭壁，被浓密的云气遮蔽，再也无法找到那座华丽洞府的踪影。太阳升起时，就连手里的白玉夜光杯，都零落成了泥土。

泣颂师

昔韩娥东之齐，匮粮，过雍门，鬻歌假食。既去，而余音绕梁欐，三日不绝，左右以其人弗去。过逆旅，逆旅人辱之。韩娥因曼声哀哭，一里老幼。悲愁垂涕相对，三日不食。遽而追之。娥还复为曼声长歌，一里老幼，善跃抃舞，弗能自禁，忘向之悲也。乃厚赂发之。故雍门之人至今善歌哭，放娥之遗声。

——《列子·汤问》

1

公元前256年某个暮春的正午，王宫里突然钟鼓齐鸣，音乐大作，沉重的宫门像龙嘴那样张开，吐出一支庞大的出殡洪流。这是郗国历史上最隆重的葬礼。民众已在街头站立多时，他们翘首以待，还自备了整整一日的干粮。他们要从中获取卑微而危险的快乐。

五百名宫廷禁卫军骑着白马，威风凛凛地出现在百姓的视野之中。他们身披藤甲铜胄，细小的金属锁片在阳光下熠熠生辉。马蹄敲击石板，发出清脆的金属之声。士兵手里的斧戟寒光四射，刺痛了民众的眼睛。

此后是两百名表情肃穆的执绋者，他们额头系着素色麻布条，一手举着绑有麻绋的竹竿，一手举着沥青火把，在马队后面缓缓步行，企图为静公的亡灵照亮前往冥界的道路。火把掠过人群时，带来了灼热的气流。那是火焰的语言，它要粉碎地狱里坚冰般的黑暗。

在他们身后，五百名乐手组成的乐队，以及五百名歌手组成的歌队，以悠长的语调，演唱宫廷丧歌《薤露》：“薤上朝露何其稀，初阳东升落入泥。露薤明朝更复活，人死几时归故里？”如此循环，一直要唱到葬礼结束为止。那些被抬在脚夫肩上的编钟、编磬和皮鼓，发出嘹亮的响声，却因节拍紊乱，跟歌声冲突，成了一堆不可救药的噪音。但百姓却在噪音中嬉笑打闹，享用着这种荒腔走板的气息，因为它才是乡村生活的谐谑标记。

在歌队后面，出现了五辆大型马车，它们由十二匹黑马牵引，其上安放着大型棺椁，以及大量殉葬品和祭品。棺材由三十名细木工匠用金丝楠木精心雕刻而成，里面躺着争议最大的郏国君主——静公曹牙。他生前嚣张跋扈，而此刻却安静地躺在鲜花覆盖的盒子里，摆出一副与世无争的姿态。他当然不会知道，郏国上下正在酝酿一场巨大的骚乱，就连他的儿子，三年前上任的国君萧公，对即将发生的惊天事变，都一无所知。

来自各地的泣颂师队伍，紧紧尾随棺材，像狗追随着主人。哭丧声其实已经启动，但在此刻还只是一种预演，音量低弱的呜咽，犹如乐队在演出前的集体调音，压抑而节制，生怕惊扰了君王的安息。

在泣颂师身后，是大批王室成员及其贵族的华丽车仗。为首的是静公的继承者——现任君主郏萧公，他跟王后及其八岁的幼子，坐在金色华盖的宝车上，四周垂挂蓝色的帷幕，镀金的辔头和辕轭在阳光下闪闪发亮。他的脸庞被半透明的帷幕遮蔽，犹如日月被云朵掩映。

贵族们乘坐驷马之车，身穿缁衣，向道路两边左顾右盼，挥手致意，就像在出席一次花车巡游。他们脸上没有忧戚之色，反而堆满节庆般的笑容。国君死亡已经三年，即便有所悲哀，也早已被时光之河冲刷殆尽。现在他们只是在按程序进行表演而已。他们是一群衣冠楚楚的戏子，堂皇地穿过世人嬉笑怒骂的口水长廊。

在达官贵人身后，是全体出动的宫廷侍女。从麻布丧服的缝隙里，露出了暧昧的彩色亵衣。她们步入市井，掩面而行，假意伤心哭泣，成为最吸引眼球的人群。一些宫女因不善在沙砾路上行走，时常因扭脚和跌跤而有所闪失，狼狈的模样招致了围观者的哄笑。

一些好色的刁民开始蠢动，向那些姿容姣好的宫女求爱，赠送花束和美食，而宫女们花容失色，发出大惊小怪的尖叫。队伍一时变得有些凌乱。士兵们骑着马在道路两边疾驰，用斧戟逼退那些企图作奸犯科的色狼。

在出殡队伍的末尾，是从民间征召的五百名童男童女，他们从竹篮里抓取干枯的花瓣，洒向天空和路边的人群，有时也抛洒麦粒、盐粒和铜钱，引起一阵激烈的哄抢。士兵当场杀死二十多名饥民，这才平息了夺食的风潮。

出殡道路由宫殿一直向北，经过神庙，穿过北门，蜿蜒通向峄山顶上的寝陵。两端的距离只有七八里地，为应对冗长的仪式，在城外道路两边，还设有大量营帐，供出殡者休憩、洗濯和饮食，其中白色属于贵族，黄色属于泣颂师，红色属于官兵，蓝色则属于宫里杂役，黑色相当于库房，用于陈放殡葬所需的全部物资，圆形的帐篷从宫城一直排到峄山脚下，犹如排列整齐的五色蘑菇。

薇子走在泣颂师的队伍中间，头戴傩祭用的白虎面具，看起来狞厉可怖，却是山神的象征。她不想被人认出自己的本来面目。对于是否为静公一哭，她也迟疑不决。

国君邾静公曹牙神秘暴毙，新王邾萧公曹夯继位，想利用出殡来挽回先君的声誉，捍卫摇摇欲坠的政权。因为哭者越多，越能展示死者的道德力量，从而振奋民心，震慑觊觎其领土的强邻——楚国、鲁国和齐国。他于是向帝国的各诸侯国发出召集令，以重金为饵，力邀各地泣颂师前来参加葬礼。

在所有泣颂师派系中，“韩娥”，也就是人们通常所说的“韩国美人”，是其中最为著名的一支，它使用白巫术，旨在于祭奠仪式上唤醒亡灵，令其跟家人沟通；哭泣也能唤醒生者沉睡的灵魂，让他们觉醒和顿悟。

郗萧公被告知，薇子是“韩娥”的本名，她退隐乡间，已经两年没有出山。众大臣围在主公身边，向他讲述这个女人的非凡故事。

相传她曾因行乞而在齐国受尽凌辱，分别在旅馆和齐都临淄的雍门，两度以漫长的歌哭进行抗议，长达三天三夜，震撼世人，余音绕梁，举国民众一起放声大哭，难以终止，最后只能由地方官吏率众耆老把她追回，以重礼道歉，恳请她止哭，薇子见对方认错，就唱起欢乐大歌，以致当地老少，情不自禁地手舞足蹈，转眼就将方才的悲伤忘得一干二净。她从齐国流浪到郗国，受到大司徒的礼待，馈赠茅屋三间和薄田十五亩，令其可以安身立命。薇子从此放弃行乞，成为职业泣颂师，一时名满天下。

郗萧公被这个传说打动，听从大臣们的进谏，三次派人送函，以重金邀她入宫，替静公哭丧，却遭到她的婉拒。静公恶名远播，她不想为此玷污自己的节操。

在那个天色阴沉的早晨，三只白鸦在屋顶大声聒噪，薇子茫然醒来，推门出去张望，只见女弟子曼汤翻山越岭走来，向她报告一个很坏的消息：鲁顷公以重金雇佣她的姐姐蔷子，准备在郗静公的丧礼上，以哭声杀死上层人物，瓦解郏国统治，实施鲁国并吞郏国的战略目标。

“韩娥”薇子坐在灶台前，一边生火煮饭，一边沉吟很久，心里生出一丝忧虑。姐姐蔷子拥有的哭丧巫术，的确有杀人于百丈之外的异能。她们虽是同胞姐妹，却形同陌路，两人间站着一堵难以逾越的高墙。

蔷子无法熄灭那些来自童年深处的怨恨。三岁时，父亲充当兵丁随军出征，不幸死于沙场。母亲无力抚养两个孩子，只能把孪生姐妹中的姐姐蔷子，含泪送给邻村一户不能生育的殷实人家。三年之后，那家主妇跟公公通奸，诞下一名男孩，从此蔷子成为累赘，受尽养母的凌辱和折磨。十三岁那年，因失手打碎一个瓦罐，被养母手持木棍痛殴。蔷子忍无可忍，趁着夜半人静，将养母、养父连同祖父一并杀死，然后逃往他乡，被方士收留，开始了漫长的黑巫术练习。

她的满腔憎恨，偏执地指向妹妹和亲生母亲。在她看来，自己的全部不幸，应当归咎于自己仅有的两位血亲。三年前，她假意回家认亲，用黑巫术杀死母亲，把她变成一块毫无生气的石头，而在外游走的妹妹薇子，则是她下一个仇杀的目标。

在凶悍的白虎面具背后，薇子眼里流淌着无限的忧思。她并不担心姐姐的杀人法术，因为她对此早有防备，但为拯救郴国，她决定入宫觐见新君。萧公下令厚待这位民间哭丧高手，安排她在峄山顶上的离宫居住，那是昔日静公祭奠祖先和寻欢作乐的地方。

客居峄山的短暂时光，薇子受到萧公的盛情款待。五名宫女负责她和女弟子曼汤的起居生活，为她们沐浴更衣，烹饪美食，并搬运沉重的书简。萧公指望那些有关静公道德事迹的官方文献，能点燃她热爱已故国君的崇高情感，以便在殡葬仪式上有更杰出的表现。

萧公语辞恳切地教导她说："为了一次伟大的政治哭丧，你必须首先热爱自己的君王。"

萧公的父亲静公曹牙，是一个狂热的耳朵收藏家，他的最大嗜好，是以俘获、猎杀和采购的方式获得耳朵。在离宫里四处漫游时，薇子和曼汤曾经误入一间名叫"耳宫"的大屋，发现里面存放着上千多人和兽的耳朵，在用药物浸泡和风干之后，它们就成了永恒的标本，被工匠用丝线悬挂在房梁上，形态各异，表皮光裸或带着毛发，耳孔森然张开，在穿堂的微风里诡异地转动，仿佛在谛听世间的一切声音。

每一对贵族的耳朵上都系有象牙标签，上面刻着主人的名字，薇子认出有些是郴国的列祖列宗，他们在死后慷慨地捐出了自己的耳朵。还有一些属于上古君主与先贤的遗物，牙牌上刻有尧帝和丹朱父子、隐士许由，以及舜帝的妻子女英的名号。曼汤还发现了一对世上最大的耳朵，长逾半尺，苍老而挺拔，隐然放射着古旧的光辉，牙牌上刻写的，竟是“李耳”二字，把薇子吓了老大一跳。

在一间别室里，陈列着大量细小粉嫩的耳朵，薇子猜测它们来自十岁以下的儿童，被放置于镶嵌着金箔的漆盒里，等待着国君的征用。而在光线阴暗的屋角，还有不少挑剩的耳朵，色泽黯黑，形状丑陋，被胡乱扔在几口檀木箱子里，仿佛是些废弃无用的零件。

薇子后来才知道，这是静公生前用来听取世间之音的超级机器，任何遥远细微的声响，都可以在诸多耳朵之间折射和放大，最终成为清晰可辨的语音。当初郝国的先祖建它，是为了像仲尼先生采集诗三百篇那样，倾听民间声音，以改善政务。童子的耳朵，能比成人更敏锐地捕捉到童谣的存在。但静公即位之后，他的趣味转向了床帏之事。那些乡下人的昵语和叫床声，听起来如此销魂，激励静公把更多的时间，投入到与嫔妃们的狂乱性事之中。

那些围观葬礼的百姓，许多人丢失了耳郭，只剩有一对细小的孔窍，羞怯可笑地在两侧的头发间时隐时现，这情景佐证了那条“郗人无耳”的成语。许多年来，郗人都生活在被盗耳的恐惧之中。薇子后来才懂得，这其实是国君大规模采集耳朵的后果。在丢失耳郭之后，郗国的百姓并未丧失听觉，却丧失了谛听的尊严。

薇子师徒在耳朵的迷阵里陷落良久，根本找不到出口。在仓皇的逃跑中，身体不慎触碰到那些耳朵，它们便放肆地晃荡起来，发出无声的哂笑。薇子大叫一声，跌倒在地上。幸好两名宫女听见叫喊，把她们从耳朵的围困中解救出来。曼汤十分生气，开始向宫女们抱怨耳宫的可怖，怒斥静公草菅人命，竟然还用耳朵来炫示他的暴行。宫女们不敢回嘴，浑身战栗地跪在地上，恳求她的宽恕。

薇子没有参与这场声讨。她惊魂未定，独自贴着墙根行走，打算尽快回到自己的卧房，经过一间灯火通明的大屋时，听见大司寇白鞅正在教训两名属下，声音低沉，语重心长。

白鞅说：“静公的葬礼马上就要举行，这正是刁民图谋造反的时刻，也是聆风者发现他们的良机。”

下属说：“在下已经部署完毕，就等葬礼启动了。”

“现在静公已逝，萧公执政，我成了唯一的领袖，我不会削减你们的酬报，但你们须目标坚定，果断行事，翦除任何试图阻止我们的异端。”

“大人的教诲，我等一定照办……”下属的声音显得十分恭顺。

白鞅的声音低沉有力：“郗国的先祖之所以建立聆风者组织，是因为鲁人孔丘在采风中拒绝收录‘郗风’，这是对本国的最大羞辱。为了采集到世间最优美的诗篇，不但需要更多聆风者成为君王的耳朵，而且我们要为他收集耳朵，装满耳宫……到那个时候，我们将无往而不胜……”

大司寇还在继续他的训诫，薇子已经胆战心惊地走开。她意外发现了黑巫师组织“聆风者”的秘密——原来它由郗静公和大司寇操纵，并蓄意篡改了这项伟大发明的初衷。聆风者原本是民间歌谣的记录者，负责向国君传达民意，最终却沦落为一群耳朵盗贼，这令韩娥对已故的国君，生出了无限的厌恶。她悄然走回卧房，吹熄灯火，在黑暗中辗转反侧，听着漏壶的滴答声，无法入眠。她知道，任何一次为静公的哭丧，都将是对义的背叛。

就在昨天，韩娥被送往山下都城，在王宫中度过漫长的一夜。无论是否参与哭丧，她都必须跟出殡队伍一同出发，完成从都城走到峄山离宫的行程。现在，她行走在出殡队伍里，暂时还没有被人认出本相。但她知道，她将成为本次葬礼的主泣颂师，这个消息已被萧公向外发送，成为路人皆知的新闻。

透过白虎面具上的一对眼孔，她在仔细观察泣颂师的队伍，各派人物已经到场，但蔷子还没出现，不知她是早已戴着面具混迹于出殡队伍，还是将在更合适的时刻到达现场。从那些鼠目獐头的人群里，她意外地看见了那个不同寻常的男人，在峄山顶上，他曾成功地疗愈了她的失眠症。

她的脸变得灼热起来，整个身子都在晕眩。她知道，那是某种难以抗拒的力量。那男人的耳语，是她灵魂的强敌。在那月色澄明的夜晚，他轻叩她的屋门，然后翩然而入，以耳语的方式跟她对话，探查她灵魂深处的焦虑。而她拒绝了对方的试探。

陌生的男子容颜英俊，但眼神深邃。他以温存的言说击破她的防线，用耳语治疗她的失眠症。他目光清澈，口唇微张，音量低到几乎无法听见，但她的灵魂却意外地平静下来。她缓慢合上眼睛，在前所未有的宁馨气息中睡去，犹如一个无思无虑的女婴。

那个把薇子送入梦乡的男子，叫做列御寇，此刻，他正行进在泣颂师的队列里，身穿丝绸白袍，步履坚定而沉稳，仿佛对将要发生的一切了如指掌。

2

泣颂师队列里云集着各大门派的顶尖人物，他们汇入出殡队伍，百家争哭，场面犹如集市般热闹而混乱。队伍穿越北门后，萧公的旗车上，第一次升起绣有“姜”字的织锦旗幡，这是郏国君主发布命令的古怪方式。

来自北方强邻齐国的巨泪派泣颂师随即现身，四名女子身穿丧服，各自面对东西南北四个方向，围绕棺材边跳边唱。哭丧程序的真正时刻由此开启。此前发出的一切声音，都只是序曲和预演而已。

薇子知道，这个派系又叫齐姜派，是泣颂师中的最大门派，在九州各地拥有上千名成员。该派放弃哭泣的旋律性和歌唱性，而以嚎哭见长，并以眼泪多寡为衡量标准。其哭声撕心裂肺，气吞山河，巨大的声浪可达五十里以外。它的领袖人物齐姜，因丈夫为国战死沙场而痛不欲生，在跟夫君辞别的都城雍门下放声大哭，喷涌而出的眼泪，竟然摧毁了数十丈泥垒的城墙，举国震惊，就连远在东都洛阳的天子，都龙颜失色，跌下了宝座。这次她亲自出场，唱的是齐姜派最擅长的曲牌《招魂》——

郗国哀泣，颠倒城池。颠之倒之，静公薨之。

郗国举殡，颠倒姝婢。倒之颠之，萧公悼之。

折柳摧旗，狂风凄凄。呜呼呜兮，呜呼噫兮。

呜呼呜兮，呜呼噫兮……

歌曲最初在二度到三度之间起伏，半是哭泣，半是歌唱，婉转而平缓。唱辞反复循环之后，逐渐转向激越。行走到“岂能止哭，魂兮出离”的段落，声音变得无限凄绝，唱出“出离”两字时，音调急剧上扬，高亢而又尖锐，犹如穿云裂帛的羽箭，在苍穹上爆出灿烂的焰雨。所有参与者和旁观者都被撼动，泣不成声，热泪飞溅，打湿了自己的衣衫。女人们纷纷取出陶瓶，一边嚎啕，一边采集自己的眼泪，场面顿时变得有些诡异。

半个时辰之后，齐姜的哭泣声量渐渐转弱，重返低回婉转的状态。她跟另三个女人开始扮演女巫，像青蛙一样跳跃前行，向神明祈求重生和繁殖的力量。数名身穿黑袍的方士乘机在人群中穿梭，用齐国铸造的刀币，向哭泣者收购眼泪，把它们倒入腰间的牛皮水囊。

有名妇人嫌方士给的钱太少，双方争执起来，水囊被打翻，民众的眼泪流了一地。为首的方士葛弘基勃然大怒，对他的客户施行法术，当场将对方变成一头驴子。母驴带着一对尚未变化的人耳，哀嚎着钻入附近的猪圈，仿佛在躲避众人的耻笑。

那些黑袍方士属于彭城炼丹派“朱门”，是齐姜派的天然盟友，他们的身影活跃于所有大型殡葬的仪式上，犹如一些令人不安的游魂。而现在，平素低调的游魂，变成了可怖的黑巫师。人群里发出惊骇的叫声，但无人胆敢挑战方士的法力。士兵们在远处观望，也没有打算干预的迹象。

“朱门”是一种强大的政治力量，相传由彭祖创立。眼泪是炼丹秘方里的关键成分，能促使有毒的丹铅发生质变，转化为能够达成永生的圣药。为此他们与泣颂师合作，利用后者进行催泪，并以重金收集眼泪。而为了赚钱，死者的家属有时也会出资邀请泣颂师催哭，以获取更大数量的泪水。这类眼泪贸易，跟盐和鱼类并重，成为齐、鲁、郝三国的经济支柱。

一阵沉闷的鼓点传来，燕国的愤世派粉墨登场。他们喜欢利用歌哭谤议政治，替民众发泄怨气，但被降师围剿，已经所剩无几。虽然并未受到萧公邀请，他们还是化妆成术士，混迹于人群之中，然后伺机出击。现身的两位，扮成舅甥角色展开对唱，采用了平民葬歌《蒿里》的流行曲牌——

（甥）蒿里草外谁家地，（舅）聚敛魂魄无贤愚。

（甥）鬼伯一何相催促，（舅）人命不得少踟蹰。

（甥）不稼不穑夺民禾，（舅）悠悠苍天悲民意。

在唱过一段调性悲苦的前奏之后，他们突然转入活泼的说唱，一呼一应，犹如后世的北方相声，大肆嘲讽和抨击时政。民众起初跟他们同声唱和，继而开始叫骂，发泄被压抑的苦闷。一名衣衫褴褛的刁民冲出人群，吁请萧公纠正前朝的弊政，改善民生，让百姓都能吃上高粱煎饼和稷米稀粥。

他的呐喊在人群中引起了热烈反响，事态在急剧升温。一些妇人无耻地赤裸上身，怀抱婴儿，向官府展示其干瘪下垂的奶头。她们冲上大路，匍匐在君主的车仗面前，把头磕得满脸是血。这是丑陋有力的呼告，结合裸诉和血祈，形成强大的舆论压力。场面正在变得不可收拾。出殡的队伍被迫停顿下来，躲在帷幕后的萧公脸色大变，他的车仗升起红色旗幡，那是他表达愠怒的严重信号。

大司寇白鞅也坐在自己的马车里，透过帷幕上的小孔，窥视到萧公的怒气，于是赶紧向随身侍卫发出镇压指令。侍卫站立车头，伸出三根手指，其中食指朝向天空，代表君王意志，拇指和中指并拢，代表逮捕。士兵们忙乱起来，驱动战马冲进人群，抓捕那些扰乱葬礼的刁民和泼妇，以制止他们瓦解葬礼的庄严属性。

侍卫伸出拳头，让四指握住大拇指，那是枭首的命令，又向上竖起食指和小指，那是执行乳刑的命令。刁民于是被五花大绑，直接砍下了头颅，而泼妇们则被割掉乳房后扔在路边。她们浑身是血，在泥地里打滚，发出撕心裂肺的哀嚎。婴儿也被丢弃在地上，哇哇大哭。野狗们开始抢食那些掺杂着鲜血和奶汁的人肉。

在逮捕两名愤世派哭手之后，出殡队伍重新整顿列队，继续向前迤逦而行，但怒气仍在围观者之间传染，好像暗火在地底的岩层里燃烧，而在大地的表面，百姓却因恐惧而变得冷漠。

薇子被血腥的屠戮惊呆了，她戴着面具跑出队列，扶起其中一个受刑的女子，替她包扎伤口，披上衣服，吩咐身边的村民小心抬下。其他人看见“白虎”的示范，也纷纷仿效，上前救援剩下的受刑者。

列御寇知道，事态正在朝他期待的方向发展。他眼望浑身沾满鲜血的薇子，内心为爱意所困，却只能抱臂旁观，无法公开出手相助。他是来自齐国的武士，身负探查盗耳案的特殊使命，以耳语师的身份入宫，深知郝国贵族阶层的诡诈和阴毒。

御寇在秘密调查中发现，郝国至少拥有数十个聆风者小组，为满足君主的癖好，在民间大肆盗割人耳，尤其是没有自卫能力的孩童。一旦遭遇抵抗，便直接实施绑架和杀戮。他们使用的是一种球形割耳器，带有上下两片锋锐的刀刃，可以像兽牙那样咬住耳郭，将其快速有力地切割下来。

峄山离宫里的时光，短暂而又恍惚，像一些断简残片。列御寇还记得，薇子的女弟子曼汤，因抱怨耳宫所揭示的残暴景象，当晚在卧房里被人盗去耳朵，然后周身发黑而死。第二天薇子约自己散步，穿过松柏交混的丛林，在山涧瀑布的轰鸣声中，脸色苍白地向他说出无意中听到的秘密。

列御寇没有料到，聆风者的最高首领，就藏身于郝国的宫室，而且胆敢向自己请来的宾客下手，心里顿时涌起了炽热的杀机。只是殡葬仪式即将启动，他还没有做好出击的准备。他决定隐忍不发，静待一个更加合适的时机。

从山野返回离宫之后，列御寇提出要给薇子继续治疗。薇子迟疑了一下，婉拒了他的请求。“你的医术太高明，我怕我……”她的脸颊变得绯红。

列御寇心中一紧，感觉自己弄伤了这个灵魂洁净的女子。“那……好吧。”他满怀疚意地望着对方，“今晚你会睡好的。是的，你不需要治疗，你只需要忘却。”他有些语无伦次。

薇子紧抱自己的双臂，把脸转向别处：“我回屋去了，峄山的风……很凉。”

薇子走开了。列御寇独自坐着，像一块凝然不动的岩石。

穿破云层的太阳已经西斜，锐利的光线射向人群，继续散发出一种有节制的温热，但阳光终究是令人愉悦的，它制造的明艳光照，驱散了杀戮造成的阴影。

在一片沉默之中，萧公升起了“风”字旗幡，鲁国的劝慰派随即应召出场。这是由风家八个姐妹组成的女子泣颂团体，善于演唱套曲，如《抱父恩》《十二个寻爹》《十二月花名》等，以民间俚俗之语唱出，声线婉转，唱腔温柔。她们痛悼君王的逝世，追溯他的死亡过程，抱怨冥神的无情，无限深情地加以缅怀，俨然是被他幸临过的宫女——

正月里，正月正，静公得病是头昏。二月里，雷声隆，静公得病是心痛。三月里，百花谢，静公得病吐斗血。四月里，神医到，萧公替父找仙道。众人都说仙丹好，遂把仙丹来寻找。谁知贵命也无常，可怜静公把命丧。阳间美事都丢下，午时登上望乡台。望乡台上羡众生，黄泉之下无归程。萧公大孝求父还，冥王不肯开阳关。三年停柩哭公灵，郏国百姓泪盈盈。

歌唱修复了出殡应有的哀情，令人民重新回到吊丧的悲痛主题。但这种肃穆的氛围没有持续多久，来自已经灭亡的宋国的喜丧派，就擅自出动，向各派发出戏谑性的挑战。他们自称“庄周派”，由十八位六旬以上的白发老者组成，以庄子的训诫为准绳，击缶而歌，力主喜丧，唱辞充满黑色幽默。这次他们分别乘坐四辆牛车，击鼓吹笙，彼此唱和，以诙谐的语辞，演绎民间关于静公的情色传说，用最无厘头的段子，尽情赞美他的凶暴性情和浪漫行藏。

出殡的悲剧气氛消散了，恐惧也随之淡弱起来。民众忘了这原本是场殡葬，笑声此起彼伏，声浪盖过了歌队的职业性哭泣。在道路两旁，更多民众汇入旁观的洪流，争相观看这出精彩的情色社戏。

萧公眼看丧礼被反复干扰，正在朝不可控的方向偏移，心下无限焦灼，决定请韩娥亮相，以力挽狂澜。他的旗车快速升起绣有“韩娥”红字的黄色旗幡，布幅比此前大了两倍，周缘镶着五色的山雉羽毛，在黄昏的阳光里飘扬，猎猎作响，犹如一张被强风推动的巨帆。无数木槌在鼓面上密集地敲打，像是天边滚动的雷声；数十支号角也在呜呜吹响，俨然千万大军即将开拔。

君主向最著名的泣颂师发出了热切的召唤。众人纷纷举头张望，窃窃私语，仿佛窥见了一个被泄露的国家机密。所有人的目光都在四下搜寻，指望率先发现那个神秘的女人。他们知道，她是否现身，决定了这场丧礼的成败。

3

列御寇看见旗幡上的信号，不由得心头一惊。他放慢脚步，等着薇子从后面走来，两人并肩而行，开始了不动声色的对话。

“你应该已经看见萧公的旗语，他在召你出列。”越过嘈杂的声浪，列御寇忧心忡忡地低语道。

薇子清澈的目光，穿过面具上的眼孔，温存地落在列御寇脸上，而她的语气如此刚决，几乎不容置疑：“我为什么要为他哭丧？我不是郲国人氏，没有尽忠的义务。”

“你若不加入，恐怕会有生命之虞。另外，我看见了蔷子，她混在泣颂师里，准备做致命一击。”

“我既然来了，就做好了赴死的准备。”

列御寇情知无法说服薇子，只能从她身边黯然走开。他决定提前动手，趁殡葬混乱之际，直接杀了萧公，唯其如此，才能制止杀戮，救下薇子的性命。他于是经过大司寇的车马，朝着队伍的后方大步走去。

白鞅透过帷幕看见他的身影，探出头去把他叫住：“莫非先生有事找我？”他的脸上浮出古怪的微笑。

列御寇拱了拱手：“非也，我想向萧公禀告韩娥的消息。”

白鞅又笑了：“有事可以告诉我，不必打扰萧公的。”

列御寇：“萧公嘱我，一旦有事，可以直接向他报告。”

白鞅说：“你先上车吧，我有件东西示你。”

列御寇无奈地上了车，却被暗藏的两名武士突然发难，拿住左右胳膊。白鞅在他身上摸出一把精致的短剑，拿在手里，仔细把玩了一会儿，对它的优雅弧线和青龙暗纹赞叹不已。

“这件东西，我等了很久了，应该是当年越王留下的古物。先生随身携带，不知有什么意图呀？”他的笑意愈发阴鸷起来。

列御寇说：“这是祖上传下的防身之物，大人不必猜疑。”

白鞅说：“我一直奇怪先生的来历。最近稍事调查之后，我才知道你在暗查聆风者之事。我又将你的容貌绘成画像，交人辨识，终于有人认出，你就是三年前刺死鲁国聆风者首领的凶手。我之所以没有马上拿你，是想看你究竟能有什么作为。这次你身怀凶器，意欲行刺君主，证据确凿，人赃俱获，看你还有什么话说。”

列御寇见自己的真实身份已经暴露，便缄默起来，不愿再说一字。大司寇命人将列御寇捆绑起来，押至萧公面前。民众在窃窃私语，不知究竟发生了什么。

大司寇站到路边大石上，向民众展示那件凶器，宣布刺客的罪行，并声称要将他斩首示众，以儆效尤。

薇子目击列御寇被捕的过程，心急如焚。她前去觐见国君，为列御寇求情，说那把短刀是她赠予的，为的是防身护体。她还当着白鞅的面揭发他的身份，说她在离宫里亲耳听闻，他就是令人闻风丧胆的降者的首领。据说这个组织以善长降头巫术著称。

萧公听完之后，露出了伪善的笑容："你想多了，众所周知，降者是一种无稽的传说。你一个专事哭丧的女子，又如何懂得那些宫廷谋略之事？"

薇子见萧公装傻，只好直言相告："我……我愿以哭丧来交换列御寇的性命。"

萧公不理她的揭发，却答应了她开出的条件。他转脸对白鞅说："请君释放列御寇，暂不追究他的前嫌。"

白鞅争辩说："此人极度危险，若是将其释放，无异于放虎归山。"

萧公抬手指着躲在白虎面具后的薇子："现在的郏国，数她最大，连我都得听命于她。你照办就是了。"

薇子目击列御寇索回自己的短剑，步下马车，迅速消失在茫茫人群里，这才放心地登上安装在牛车上的哭丧台，取下表情狰狞的面具，露出清丽绝俗的面容。人民在现场发出了狂热的欢呼——她看上去比传说中更加美丽动人。

黄昏时分，太阳已经没入晚霞，所有的景物都沐浴在绚丽的云光之中。韩娥薇子挺立于哭丧台上，乌黑的长发和洁白的衣袂一起飘扬。虽然使用市井俗语，歌声却愈加如泣如诉，婉约而起，由淡转浓，逐渐凄绝起来。

国君啊你且慢行，你的死是郕国的痛；你的身在棺里，你的魂在路上；你是那不明不白的死，你要去不干不净的地；你的拳已经松开，你的眼已经合上；你当年如此风光，你眼下何其可怜；你丢了美人，丢了江山；你没了爱欲，也没了嗔恨；你两袖空空，你一无所有；你不如乡下人，你比乞丐更穷……

薇子眼里闪过那些被砍下的首级，以及女人们鲜血淋漓的奶子。它们肉雨般掉落在泥地上，堆积如山，迅速吞没了饥饿的婴儿；她眼里还闪过那些倒在路边和田埂上的饿殍，以及愚钝麻木的众生嘴脸，而后，又闪过流浪中受尽凌辱的场面，还有母亲在蔷子的法术下化为石头的惨象……

她痛不欲生地大叫一声，仿佛整个躯体都在炸裂，而后一唱三叹，哭得天昏地暗，民众也在哭泣中手舞足蹈，仿佛陷入醉酒后的迷狂。殡葬仪典急速升温，达到前所未有的高潮。

就连列御寇都无法忍住自己的眼泪。从薇子的歌哭之中，他听见的不只是一个女子的哀伤，而且是整个人族的合唱。他还听见了一种来自灵魂深处的剧痛，其中深藏着难以消弭的绝望。神明已经弃人而去，奸贼当道，除了哭泣和顺服，他们别无选择。但哭泣不能让灵魂得救，反而令众生陷入更加无助的深渊。就连世上最伟大的哭泣，都无法摆脱这暗黑的宿命。

乘着薇子的哭声逐渐转低，列御寇戴上巫舞面具，冲出人群，向牛车跑去。她的哭丧使命即将完成，应当尽快退场。他担忧性情狡猾的萧公，会在殡葬结束后实施报复。他护着虚弱的薇子下车，走回人群之中，出殡现场安静下来，民众为她闪开一条小道，眼里充满敬意，就像在围观一个神话传说中的英雄。

突然，从泣颂师的队伍里，发出一声撕心裂肺的尖叫，刺痛了所有人的耳膜。薇子周身一震，知道她的胞姐、绝杀派首领蔷子，趁她哀哭后身体虚弱之际，悍然出手了。她抬眼望去，看见蔷子爬上她曾站立过的哭丧台，开始了令人胆寒的巫哭。

蔷子虽是薇子的胞姐，却被痛苦和怨恨改变了容貌，令她们看起来毫无形似之处。她身穿武士的袍服，腰间的皮带上挂着勾践宝剑，脸部的线条坚硬如铁，周身散发出咄咄逼人的杀气，看起来就像是慷慨赴死的武士。

她的哭丧歌没有歌辞，只是一堆意义不明的音节——

达西多，伊西多，阿西多，塔西多，哈西多，煞西多，卡西多，啊呜西多，啊呜西多，啊呜呀啊呜，啊呜呀啊呜，啊呜啊西多，啊呜啊啊呜西多……

殡葬队伍和围观百姓即刻陷于巨大的混乱之中，许多人捂着耳朵在地上打滚，耳孔里的黑血从指缝间渗出，污染了扭曲的面庞，把他们变成形貌可怕的怪物，就连马车上的贵族和列队行走的宫女们，都在持续发出痛楚的尖叫。

薇子知道，蔷子试图利用哭丧杀死郗国王室成员及其贵族，即便不死，也会令他们眼睛溃烂失明，成为永久的盲者。另一方面，她嫉妒和仇恨比她出众的妹妹，企图一箭双雕，击败并杀死薇子，夺取“韩娥”的称号。

蔷子的面容在歌哭中变得愈发狰狞。她的双眼放射出慑人的光芒，耳郭从脸的两侧脱落，剩下两个深不可测的黑孔，从里面飞出大群乌鸦，而她的口唇则伸出长达半尺的血红色舌头，在空气里剧烈颤抖，发出令人恐惧的魔音。士兵们拍马上前，试图阻止她发声，却在这魔音的攻击下丢弃武器，从马背上跌落下来；受惊的战

他听见的不只是一个女子的哀伤，而且是整个人族的合唱。他还听见了一种自灵魂深处的剧痛，其中深藏着难以消弭的绝望。神明已经弃人而去，奸贼当道，除了哭泣和顺服，他们别无选择。但哭泣不能让灵魂得救，反而令众生陷入更加无助的深渊。就连世上最伟大的哭泣，都无法摆脱这暗黑的宿命。

——《泣颂师》

马在狂奔中践踏人群；乌鸦开始袭击那些四处逃散的人们，用坚硬的利喙，啄取那种叫做“眼珠子”的美食。

眼看众人在死亡的边界挣扎，薇子不得不再次走出人群，重新开始哀哭，以阻止姐姐的声音屠杀。姐妹俩就此展开激烈的哭泣大赛。韩娥的歌声可以抑制蔷子的煞气，但蔷子也在不断提高声量，企图压倒妹妹。两人的哀哭此起彼伏，形成艰难的拉锯之战，而现场的人们也在生死之间剧烈摆动，犹如蝼蚁跌宕于波峰和谷底。只是薇子历经两度哭丧，已经精疲力竭，声音逐渐转弱，眼看就要面临最后的挫败。

这时列御寇突然出手，他越过人群，走近引吭高哭的蔷子，不动声色地翕动嘴唇，说出耳语般的咒语。片刻之后，蔷子亢奋的声音开始低落，但她还在勉力支撑，又过了两个乐句，她猛地一个踉跄，从哭丧台上失足坠落，当即陷入昏迷之中，狰狞的面容也恢复了常态。她仰面朝天，半睁双眼，失神地望着正在黯淡下去的天空。事后有人坚称，她的那条长舌，化成火红色大蛇，钻进了静公棺椁的缝隙。

列御寇用絮语制造了一场休眠，除非他本人，没有任何人能叫醒蔷子。她将长期住在自己的噩梦里，被地狱的恶兽和烈焰咬噬。她的四个女门徒以为师父已经死去，背起她的尸体，穿过人群，向楚国的方向逃遁。天上盘旋的群鸦纷纷坠落，化成随风飘扬的枯叶。

负伤倒地的人们爬起身来，发现自己两耳枯焦，已经完全失聪，不由得悲从中来，放声大哭。士兵们捡回自己的兵器，四处寻找逃走的坐骑。惊魂未定的萧公，擦掉耳朵里流出的黑血，发出了继续前行的指令。

薇子在列御寇扶持下，蹒跚地走进供杂役使用的蓝色营帐，刚来得及说声“谢谢”，就因脱力而晕厥过去。列御寇为她喂下从御医那里要来的参汤，然后坐在她身边，从侧面凝视着她的耳朵。一道昏黄的光线投射进来，照亮了这个美丽的物件——莹白、润泽，上端尖耸，洞窍微张，其上微颤着细小的绒毛，俨然是一件圣洁而完美的神器。他不禁伸手轻抚，仿佛在触摸天神赐予的奇迹。

他把嘴唇贴近她的耳朵，说出令人难以察觉的唇语。他的声音犹如岩缝里的温泉，大雪中的水仙。那是关于生命的礼赞，他要为沉睡中的心爱女人招魂，让她在这秘密的耳语中苏醒。他坚信他的爱语可以融解坚冰。

“我，我……要……”

薇子在昏睡中檀唇微启，吐出芬芳的句子。那是自我勉励的梦呓，但也可能是意义不明的语言泡沫。只有列御寇才懂得，她正在逾越一座无法逾越的墙垣。翻过这墙，她就会离欢乐更近。哭丧剥夺了泣颂师快乐的权利，而她在努力追索那种遗失的激情。

4

午夜时分，殡葬的队伍已达峄山脚下。萧公亮出了绣有“栖”字的旗幡，队伍暂时停止，待明晨再继续行进。哭丧礼已经终止，泣颂师纷纷奉命退走，但仪式还将通宵达旦地进行。

两百名身穿麻布的东夷巫者，环绕高大的恶鬼木雕，持矛作刺击状舞蹈，那是在努力驱邪，并为死者踏平通往阴间的荆棘之路。在静公周围一定有无数邪灵，它们是他生前的敌人，现在卷土重来，指望在葬礼上兴风作浪。这是确定无疑的。萧公预见了这些阴谋，所以他安排这些持矛的巫者，命令他们在午夜鬼魂活跃的时刻，用兵器和咒语歌舞阻止它们的攻击。

穿越营帐的门缝，列御寇可以看见那些被静公杀死的亡灵。但他们没有露出任何攻击的意图。它们只是密集停栖在棺材板上，像一些盲目的苍蝇。虽然已经死亡，却仍然保持着生前的浑噩本性。它们嗅着君王的尸臭，仿佛在赞美其气息的伟大。

列御寇治疗薇子已经长达两个时辰。就在月亮升达天穹的时刻，薇子睁开了眼睛。他眼里放出喜悦的光芒："你终于醒了。我担心你要三天后才会睁眼。"

薇子用微弱的声音说："谢你……救我……"

列御寇凑近她的耳边悄声说："我没有救你，是天神要救你，因为你是误入尘世的仙女。"他闻到了她身上那种特有的体香，并为之心旷神怡。

薇子费力地一笑，眼眸里亮起两朵焰火："你才是神使，你的声音好像来自天外。"

列御寇笑道："嘘——，你还需要静养一个时辰，我在用唇术助你疗伤。"

薇子说："我怕被你催眠了，听不见你的声音……"

列御寇笑道："你的耳朵从未拒绝过我的声音。"

在喧闹的世界环绕中，营帐里竟是如此寂静。薇子能听见列御寇的呢喃絮语，轻微得犹如蚂蚁的叫喊。但在这巨大无边的静寂之中，某种东西开始复活，某种生命开始生长。在薇子耳朵的深处，一座沉默的庙宇耸立起来。越过列御寇的耳语，她第一次听见了神的声音，还有天地万物的吟唱，那是比哭泣本身远为高贵的声音……

韩娥和蔷子虽已止哭，但她们的黑白歌哭，形成巨大的回声效应，以致举国上下都在持续地哭泣和歌唱，声浪甚至冲击邻国，而且根本无法平息。许多人因过度哭泣而成为哑巴，闻者亦有多人失聪。只有极少数人在耳里塞了粟米团子，才得以免受伤害。

制造这场灾难的蔷子，此刻正躺在楚国的一间民居里。为了避免走漏风声，屋主全家八人被杀戮殆尽。四个女门徒轮流守候在她身边，用蘸着新鲜人血的丝绸给她擦拭身子，希望她能从昏睡中醒来。她们先是使用壮汉的血，后来又用了少女的血，最后还用上童子的血，但都没有奏效。蔷子不仅在继续长眠，还梦见自己沉浮于无边的血海。

炼丹术士葛弘基率领一个小队，乘着夜幕，以劝慰和疗愈为名，继续大肆采集眼泪，而哭泣者被白昼发生的“变形记”所震骇，根本没有拒绝的勇气。这些痴迷于永生的术士们，正无限喜悦地寄生在哭丧者的悲伤之中。

丑时时分，郢城神庙的大殿，因无法承受嚎哭声浪的冲突，突然开始摇晃和倒塌，堆积了上千年的尘土高高扬起，遮天蔽月，就连祭祀用的火把阵都消失不见了。

等到尘埃落定，从建筑物废墟的瓦砾堆里，露出一个神秘地道的入口。好奇者点燃火把入洞探秘，却没能回返地面。在神庙里通宵守灵的人们，顿时恐慌起来，一种谣言在深夜里四处传播，说是神庙的地底躲藏着千年妖怪，它们吃掉了每一个走进地府的探险者。

守卫神庙的上百名士兵从惊慌中镇定下来，开始向洞里灌水和施放浓烟，却不见有怪物逃出，他们手持利剑和弓箭涌入地洞，发现一个类似“耳宫”的巨大密室，堆放着大量被盗割的耳朵，其中一半以上取自儿童。地上躺着二十多具尸体。从架上的竹简文献获知，这些人就是传说中的聆风者，首领为郝国的大司寇。民众们在地宫里仔细搜查，不仅发现一堆球形割耳器，还发现了一口深井，里面堆积着大量受害者的尸骨。

为葬礼而通宵无眠的民众，几乎每家都有人失踪或被盗割耳朵，此刻他们被真相激怒，忍无可忍地造起反来，杀死了那些守护神庙的士兵，又焚毁神庙，以致火光冲天，一直延烧到黎明都未熄灭。在营帐里栖息的萧公和白鞅，被下人叫醒，远远地看到这场灾变。萧公脸色变得惨白，但他拒绝终止殡葬仪式。

“要是眼下把人马撤回城里，就会上那些刁民的当了。他们这是在调虎离山。”萧公脸上露出洞察一切的表情。

白鞅因聆风者被杀，气得浑身发抖，本想立刻就带兵镇压，但此刻也只好附和主公："是的，待殡葬结束，我会带兵把他们都剁成肉酱。"

萧公说："大司寇少安毋躁。虽然失去了聆风者这样的耳目，但暴民已经露出行藏。三天之后是血祭之日，二更时分，便是我们动手之时。你要立刻派使者前去楚国，向他们借三百辆战车，我会支付三千两黄金加一座城池的报酬。"

天色已经发白，东方现出一抹殷红的霞色。出殡队伍重新出发，向峄山主峰继续前行。但萧公万万没有料到，才走了一箭之地，成千上万愤怒的暴民，就已涌向峄山脚下，把出殡队伍团团围住，要求萧公交出聆风者的头目——大司寇白鞅，并彻底清查这个暗黑组织，找回那些失踪者及其耳朵。

暴民声势浩大，火把在夜空中犹如闪烁的星光，一直延伸到遥远的山边。所有贵族都被这种状况吓倒了。他们围住萧公，要他设法平息众怒。这时列御寇代表造反者出面调停，他对萧公说："既然主公惜我一命，我也给你指一条大路。大人若不能拿大司寇问罪，以谢天下，郑国必遭灭顶之灾，孰去孰留，主公自当明断。"

萧公情知自己兵力不足，无法跟大数量的暴民对抗，沉吟良久，只好做出退让说：“就依先生所言，但你必须请韩娥继续守灵，直到静公下葬为止。”

为了完成葬礼，萧公被迫走下马车，向民众高声宣布大司寇“勾结歹徒，妄盗人耳”的罪行，并下令逮捕白鞅，用长针刺聋他的耳膜，割除他的耳郭，然后由八名骑兵监护，将其驱逐出境。民众发出了欢呼，好像郑国的苦难立马就会跟这个坏蛋一同消失。

白鞅头戴沉重的木枷，骑在马上，满头是血，周身燃烧着被出卖的怒火。他冲着萧公大喊一声：“昏君，你这无德无能无耻的昏君！我要派一万名聆风者来割你的耳朵，还有你的首级。你不得好死，不得好死啊！”

萧公尴尬地讪笑着，转过头去，假装什么都没听见。

列御寇劝退了造反者的首领，因为那人曾经是他的门徒。殡葬队伍被重新编排，向峄山巅顶奋勇前进。围观的民众这回被士兵拦在山腰，以免在下葬仪式中冲撞静公的尸体。哭泣者的眼泪绝不能飞溅到死者身上，否则尸体就会变成僵尸，无法实现往生。对于死者而言，这是比亡故更致命的打击。

祭奠的仪式随即开始，大司徒开始念诵悼文，颂扬日神和春神，又祈求冥神的恩典，要求达成至高无上的永生。大司徒还向冥神行贿，要用三十名年轻女人的生命，去交换静公往生的快捷通道。他匍匐在地，向神祇发出言辞热烈的祈祷，鼓声变得急促而细碎，像一堆声音的漩涡，簇拥着祷词，向冥神的世界涌去。而冥神保持着永恒的缄默。

大司寇白鞅狼狈而逃，为捡回一条性命而深感侥幸。他决定逃亡至楚国的边境，从那里越境，投奔楚国的亲戚。他刚刚走过边境的界石，就被楚国的士兵逮捕，带往一个规模庞大的军营。他为此深感惊讶，不知楚国竟在边界地带囤积了一支庞大的军队。在审讯中他才知道，楚考烈王眼看鲁国衰微，民怨沸腾，便打着替天行道的旗号，派遣令尹黄歇为主帅，发兵进攻鲁国，此刻已经抵达郝国边境。

白鞅说出自己的大司寇身份，请求会见主帅。他被带到黄歇的主帅营帐，并竭力说服对方放弃借道的念头，直接吞并郝国。听完他的建议，黄歇意识到这是个天赐良机，因为郝静公和郝萧公父子，弄得本国民不聊生，占领郝国和推翻曹氏家族的统治，实在是顺从天命之举。

野心勃勃的黄歇，被白鞅的游说打动，决定统领大军占领郝国，而白鞅则想乘机消灭他的敌人——郝国贵族阶层和民间泣颂师。但黄歇的另一个难以启齿的目的，是想见识一下泣颂师韩娥。白鞅过度渲染了她的美貌和鬼魅般的才华，本意是要黄歇警惕并除掉这个危险的女人，不料黄歇心里却冒出了另一个念头："要是我死于非命，不知她是否愿为我一哭？"

在民居里沉入休眠的蔷子，因百姓的告发而被楚兵发现。她被人像死狗一样拖到广场上，用大铁锯切开了四肢和身躯。四个女弟子也被一同执行了锯刑。这是极度血腥的刑罚。擅长木作和髹漆的楚人，就是在杀戮之际都不忘展示其木匠的本性。最终，那些女人只剩下了坚硬的头颅，它们在涂上黑红两色的生漆之后，被高悬在都城南门的城楼上，仿佛是五个色泽艳丽的肉球，黑色的长发飘舞于大风之中，好像还在发出无声的叫骂。

黄昏时分，人们把静公的尸体送进墓穴，然后逐层封闭墓道。三十名宫女被突然关闭的石门幽禁在永久的黑暗里。她们嚎啕大哭，仿佛是这场哭礼的微弱余音，但无人倾听那绝望的叫喊，因为楚兵这时突然攻上峄山，已经将寝陵团团围住。

叛变者白鞅带领一支楚军向离宫走来，步履踉跄，表情阴冷。紧紧追随其后的，是已经向他投诚的方士葛弘基。炼丹术需要眼泪，但一旦眼泪成为稀缺资源，他就会另立门派，用鲜血代替。春申君黄歇已经做出承诺，在郗国灭亡之后，他俩将替楚国管理这块新的疆土。

萧公走投无路，下令卫兵紧闭大门，回房勒死了八岁的幼子曹讨，然后匆忙跑进“耳宫”，在那里找出一条绳索，把自己悬吊在房梁上。他的舌头很快就伸出口腔，跟陈列于四周的那些耳朵形影相吊，仿佛是一种恶毒的自我嘲讽。很快，他就将跟静公一起躺进墓里，被水、空气和虫子吞噬。

薇子这时已经跟列御寇一起上山。根据她跟萧公的约定，她须在殡葬仪式结束后方能离去。萧公需要她的存在，因为她是民望的象征。只有她能给死亡追加正义的光环。

峄山上的蔷薇花漫山遍野地怒放。他们穿过楚兵的长矛阵列，在他们的虎视眈眈下走进耳宫。列御寇从房梁上解下系在萧公脖子上的绳索，把他的尸体平放在砖地上。薇子不敢多看萧公死后的恐怖嘴脸，转过身去，面朝山下的芸芸众生，低声唱出关于郗国的挽歌。她刚刚哭过静公，而现在又要再哭萧公，这是何等荒谬的事情。但她必须如此。她哭的不是两代国君的死亡，而是八百年郗国的一夜凋谢。

那些著名的或来历不明的耳朵，都在不安地倾听。

它们在薇子的哭唱中摇晃和旋转着，惊慌失措，仿佛从未听过如此动人的哀哭。哭声音量很小，却拥有一种不容置疑的力量，像狂风那样无情地击打它们，把它们都扫落在地。这些静公心爱的藏品，终于化成了卑微的泥土。

这哭声还唤醒了曹讨，他为父亲匆忙的毒手所杀，但尚未死透，苏醒过来之后，茫然四顾，竭力回忆着此前发生的变故，脖子上犹自带着父亲制造的扼痕。薇子领着他穿过甲胄碰撞的兵阵，穿过白亮晃眼的刀刃，穿过流满鲜血的山道，推开试图阻拦她的白鞅，径直走向端坐在八骏轿车上的主帅黄歇。列御寇站在远处，袖子里藏着那把越王短剑，紧握剑柄的手心开始冒汗。

“这是萧公的小儿子，请大帅高抬贵手，留下郏国的最后一根苗裔。”

黄歇被这女子的无畏气质震慑，顺从地点了点头，竟不能说出一个“不”字。

薇子屈膝作礼道：“大人，您的宽容，小女子领受了。”说罢转身离去。

黄歇冲着她的背影说了一句：“你……头发，有点乱了。”

薇子回眸一笑："你的袖子，沾到血迹了。"

黄歇一时无语。他目送她远去，眼看她跟列御寇汇合与交谈，然后一同消失在浓厚的夜色里。在此期间，他多次举起发号施令的左手，想制止她的离去，并把她据为己有，但最后，他还是隐忍住强大的情欲。他的心中充满胜利者的落寞。他知道，这样的女人，是无法用暴力征服的。

黄歇在山头上远望他的最新战果。郝国刚刚完成了一次隆重的自我葬礼；远处的鲁国黑气笼罩，一派即将败亡之象；而在更遥远的北方，一团西来的厚重紫气，压倒了淡弱的白气，那是秦国征服齐国的征兆。整个战国格局都在发生巨变。他懂得，这是周室衰亡和新帝国崛起的先声。

班师回朝时，黄歇遵循对韩娥的承诺，厚葬萧公，并从郝国带回他的儿子曹讨，从公爵降格为伯爵，用"郝"命名他的封邑，算是存下了这个小国的最后一点血脉。深秋时节，他穿越折戟沉沙的战场，在车上打了个盹，梦见自己死于非命，连头颅都被弃在土里，却无人为他哭丧。这个噩梦让他怏怏不快。是的，韩娥已经离去，世间不会再有她的灵魂哭声。

香道师

宣德五年，郑和使西洋，分遣其侪诣古里。闻古里遣人往天方，因使人赍货物附其舟偕行。往返经岁，市奇珍异宝及麒麟、狮子、驼鸡以归。

——《明史·列传第二百二十》

1

位于南山路丰乐楼附近的数十间香铺，以制香和售香著称，其中白氏香铺最为有名，它散发出的奇异香气，成为这一带的气味标记。爱好香道的妇人最喜在香市游逛，到处都是顾盼的秋波和香艳的笑语，官宦子弟、富商和读书人纷至沓来，猎艳者的脚足，磨亮了路面上的每一块青石板。附近的湖岸旁游船林立，船娘抱着楫桨在高声招徕游客，丝弦、箫鼓和歌咏的声音从画舫里传来，仿佛每个时辰都是男欢女爱的庆典。

宣德五年清明后的一个上午，店主白萱端坐在店铺后端的内室里，背对温馨可喜的阳光，正在细细品尝新进到手的雀舌水芽，嘴里萦绕着这种草本植物的清香，只听见那扇绘有太极图案的店门被人推开，一个男人在向小伙计六丫发问，说是要订制一款男用迷香。六丫断然回绝了，说我们是名门正派的商家，不经营这类阴物。对方笑了起来，说自己是刘知府的夫人介绍来的，都是自己人，千万不要见外。六丫不知该如何应对，两人一时僵在那里。

白萱闻到一股发馊的气味，那是客人昨晚做事后没有洗净下身的结果。她放下白瓷茶盏，笑着挑起门帘出去，看见铺子里站着一个衣着考究的青年，头戴深红色镶珍珠冠巾，身穿窄袖对襟棉衫，腰间系着一根犀牛皮带，黄金带扣上镶有青金石龙纹，一望而知是贵族子弟。南京宫廷、浙江州府和地方官贵，都在这里采买各色香品，有时也暗中订购非法迷香，但多为女眷所用，像这样由男子出面寻求男用迷香的，她还是头一回遇到。

“这位客官，本店不卖任何迷香，不管男用还是女用，只好请你海涵了。”

那位来客看见白萱，不禁眼睛一亮，仿佛见了天上降下的仙子，脸上露出暧昧的笑容。他的牙缝里飘来一缕白糖米粥的味道，掺杂着榛子、松仁、栗子和玫瑰的气息。白萱笑了，心想这位花花公子的早餐，吃得还挺素净。

来客抬手作揖道：“掌柜的，贵香铺经营的迷香，在浙江和江苏一带，都是无与伦比的顶级货。小生诚心以八百两黄金订购，今日先付二百两作为订金。”他回身推开店门摆了摆手，一位浑身汗臭的脚夫，提着沉重的箱笼走进来，打开一看，里面装满黄澄澄的金锭，犹自带着地窖石板和紫檀木的混合气味。

“这是小生的一片诚意，请掌柜的笑纳。”来客凝视着白萱，仿佛要洞察她的所有意念。

白萱有些惶惑。她从未面对过如此高的开价。要是接受，她可以就此歇业三年，而放浪四海，寄情山水。她无法拒绝这种强大的诱惑。

但在她耳边，一个男子的声音却在发出梦呓般的耳语：“你……别破了我们只做女性迷香的规矩。”

她的表情顿时迟疑起来，眼里露出梦幻般的神色。就在今晨的梦境里，她看见自己跟这个叫作白朗的青年相恋，两人紧紧抱在一起，彼此融进了对方的身子。十三岁以来，这样的怪梦已经做了无数遍，除了场地和衣服的细节有所变化，所有的动作和对话都一模一样。长大后她才知道，那是活在她身体里面的弟弟。她给他取名“白朗”，每天都跟他对话，而且在每月的下半月，她都会跟他对换，自己退隐到肉身的背后，让他在这个庸常而喧闹的世界里行走。他们交替着在世，犹如轮值守望生命的哨兵。

但这次她破天荒地没有听取他的意见。她收下黄金，然后预定了一个月后的交货期限。那人千恩万谢地走了。

就在门扇被关上的瞬间，白萱突然有些后悔，她让六丫收好黄金，自己回到里屋，重新端起茶盏，刚想呷上一口，却听见白朗在耳边生气地叫道："你犯了滔天大错……"

白萱从未耳闻过弟弟如此愤怒的声音，顿时惶恐起来，手一松，茶盏掉在地上跌得粉碎。

2

茶盏坠落的时刻，六丫心中也是一惊，仿佛预感到会有什么大事，但实际上什么都没发生。白萱此后许多天都不见踪影。她躲进自己的巢穴，去从事男用迷药的营造，就像一个专心产卵的蚁后。

白萱的炼药点就在郊外万松岭半坡上的住宅里，远离尘嚣，距最近的村庄也有三四里地。远远望去，那是五间简朴的茅顶木屋，被一道细竹篱笆包围，其上爬满遮蔽视线的绿色藤蔓。白萱的书房紧挨着岩石。而在书橱背后的暗门，是修筑在山岩深处的密室。它们以防潮的黑炭夹板分隔，放置各种炼金术所需的器材，分为原料间、炼药室和成品库三间。用蒸馏法制作的各种精油，有数百种之多，置于半透明的琉璃瓶之中，并遵循香道师父沙辛的教导，按地、水、火、空和以太五种性征，分别陈放在金丝楠木打造的货架上。

以橡木苔香油为基料，加入广藿香、檀香、雪松，以及没药琥、琥珀、麝香和海狸香，白萱就能调配出男用迷香的基液。这配方源于阿育吠陀，名叫“喀琶奴妲”，而为了强化针对女人的迷性，她还要加入皮革、烟草、雪松木、焚香、胡椒、大麻、罂粟和曼陀罗之类的精油。

这是师父沙辛留下的秘密财富。他来自天竺，浑身散发出浑然天成的香味，自称是乐神兼香神乾达婆的化身，专程到东土来传播关于香的真理。在参拜普梅庵时，发现了白萱的嗅觉异能，就把她收为弟子，耗费五年时间，传授提炼香精的全部本领，并且留下这瓶叫做“喀琶奴妲”的终极精油，然后飘然而去，不知所踪。

所有的试验都须在子时进行。那是万物秘密生长的时刻。为防止自己被迷晕，得以闭息法止住呼吸，用肌肤上的孔窍感知香料的比例。她盘腿而坐，凭意念选择香料，又以超验的感觉去权衡它们的重量，这样不知过了几个时辰，她又一跃而起，以敏捷的手法从架上择取瓶子，滴入精油，然后返回蒲团，继续下一轮的冥想。

第十二天的那个午夜。在投放过七十多种精油后，一款男用迷香终于诞生了。白萱管它叫“喀琶奴妲的第一次微笑”。它是一种淡蓝色精油，放入透明的琉璃瓶，犹如哭丧师所收集的欢喜眼泪，在烛光下反射出宝石般的光泽。

她来到侍女兼车夫三姑的屋子，让她闻一下滴在丝帕上的香液。三姑正斜倚在床上，抬身吸了一口，突然酥胸起伏，浑身战栗，软瘫在了被衾上。“这，这，这是什么玩意儿？”过了半晌，三姑才回过神来，满脸羞涩地问道，仿佛闻到了天神的气息。

白萱笑了。现在，她手里已经有了一款足以诱惑女人的法宝。但这只是一个初步的成功。男用迷香的最大难点，是无色无味，它既要保持迷香的特性，又须剔除全部气味，这对于香道师而言，是一道几乎无法完成的工艺。她决定过几日让白朗去南京走一圈，从宫廷的舶来品库存里寻找灵感。

三姑揽住她的细腰，脸上露出痴迷的表情：“今夜你在这里就寝好了，我想对白朗弟弟说些悄悄话儿。”

“去你的，白朗今天不在，他出去兜风玩了。”白萱笑着躲开三姑的手臂，回到自己的寝室，依次点亮盘香和九个三足烛台。好些天没有回到阅读状态了，她需要从书籍里获得一些慰藉。自从自己收取了花花公子的迷香订金，白朗就沉入缄默，仿佛躲进很深的地洞。为了不被干扰，她也没有试图唤醒生气的弟弟。

她从几案上拿起临安陈氏刻本的《本草图经》，打开绫锦函套，想从中寻找一些祛除香味的药物，却发现它沾染了一些十几里地外的油菜花粉。她打了一个大大的喷嚏，忧伤地意识到，除了白朗，其实并没有什么人在思念她。隔壁屋子传来三姑压抑的呻吟声——她在自慰的世界里低声呼喊，陷入了肉身愉悦的狂欢。而白萱在心烦意乱地翻检冻结在书页上的植物。她看着那些干枯的线条，一种莫名的空虚感弥漫开来，雾气般笼罩着孤寂的灵魂。

基于特殊的身份，她离群索居已经五年以上。这是因为用她生产的迷香的，多为一些特殊的客户，包括图谋出轨的豪门侍妾、被皇帝冷落的宫廷嫔妃，以及狐人、黄鼠狼人、刺猬人、蛇人和鼠人。关于这五类变种人，坊间按道家的习惯，多以“仙”相称，合称为“五仙”或者“五通神”。

普梅庵住持妙素曾经告诉她，“五仙”当年聚集于北方一带，并以山海关为界。宋代金人入关，破了结界，以致他们大规模入关，遍及整个中国。他们是介于人和动物之间的变种生物，大多喜欢幻化为女子，蛊惑中意的男人，其中以“狐仙”最为出名，她们是施展媚术的高手，也是白萱交道打得最多的客户。

五仙以吸取男人的玉液为生。这不是所谓“修炼”，而是一种维系生命的方法。玉液是她们的食物，犹如鲜血是吸血鬼的饮料。据说男人被过度吸取之后，往往会精尽人亡，这种传言引发了世人的恐惧和自卫，一场旷日持久的“护液运动”开始爆发。这场战争中最著名的案例，就是“白素贞和许宣之战”，它大约发生于南宋绍兴年间，以蛇仙被镇压而告终。但事实上，战事至今还在秘密进行之中，并且远远没到终结的时刻。

白萱知道，私下营造迷香，是件危险而可耻的事务，而她无法阻止自己的欲望。这是她唯一的生计，也是她最大的癖好。迷香是香道中的最高境界，而男用迷香，是迷香中的最高境界。她正在朝这个巅峰奋力攀援。沙辛师父当年曾经告诉她，只要能制成男用迷香，她就将跟白朗一起，成为世间顶尖的香道大师，名垂香道青史。

沙辛师父说，世间香道的冥漠之都，是一种叫做“太极香”的诞生。它出自乾达婆王画军之手。沙辛说，这种魔香分为阴阳两组，使用阳香时可以变成男性，而使用阴香则可以变成女性。眼望美如天仙的女弟子，沙辛的表情变得诡异起来，仿佛早已洞察了她的本质。沙辛说，大多数神祇都是阴阳同体的，世人信奉的观世音菩萨，就是一个范例。这种神香是乾达婆自用的，他们可以在天空上任意变幻性别，优美地歌舞，播撒鲜花，散发出魅惑人类的香气。

她回忆得有些疲倦了，就伏在书案上昏沉地睡去，梦见一名陌生男子向自己求爱，遭到自己的拒绝，男人于是向神灵祈祷，希望跟她能合为一体。神应许了他的愿望，在他拥抱女人时，将两人的身躯合二为一，化为一个带着双重性征的婴儿，在残破的草席上哇哇大哭。她认出这婴儿就是她本人，但她无法确认，这多年来反复出现的场景，究竟是梦幻，还是前世的记忆。

她从迷梦中醒来时已是三更，大地万籁俱寂，只有漏壶还在固执地发出滴答滴答的声响。盘香燃烧了一半，屋里弥漫着沉香、丁香、茉莉和红岩青苔的气息。

三姑发出了轻微的鼾声。只有白萱知道，在对手中了迷香之后，这酣睡是必然的反应。她把前段叫做惑调，是诱惑男人入巷的诱饵，注重最初的愉悦和舒适，但时间短暂，通常转瞬即逝；中段叫做蛊调，是整个迷香的核心调性，负责让对手情欲偾张，无法自抑，通常达两个时辰，所有的情色故事，都应发生在这个阶段；后段叫做眠调，在吸尽玉液之后，对方就会进入昏睡模式，长达八个时辰以上，这样不仅有利于下蛊者本人的安全撤离，也有利于对手恢复阳气。

尽管如此，迷香的制作和营销，依然是极其危险的勾当。很久以前，她从一位购买迷香的狐仙那里获知，早在宋代，以法海为首的僧人，就已组成“无鼻僧团”，为防范迷香而练习龟息法，能够闭吸长达半个时辰，令五仙无法下手。他们还假扮游方僧人，以雄黄逼迫五仙显形，到处狙杀她们，还有那些为其提供迷药的香道师们。

这场战争从宋代开启，历经蒙元一代，而在大明王朝变得更加凶险。最近数月，仅江苏和浙江一路，已有四名香道师遇害，大都是被僧杖痛击而亡。作案者始终逍遥法外，而官府对此束手无策。白萱之所以还没有被无鼻僧发现，是因为她的迷香，只卖给那些五仙界的高手，她们行事谨慎，从未失手和被人识破真相。无鼻僧无法循着她们的线索，追踪到迷香的真正源头。

现在，越过闪烁不定的烛光，她从打开的书页上，闻到了自己和白朗的双重味道——她的更为轻盈，萦绕在空气的上端，而白朗则因沉郁而盘桓于下方。她起身望向窗外，今日是乙卯月十三，接近月望时分。这意味着白朗即将苏醒，而她要退避三舍，进入十多日的休眠期。是的，那些外出采买的事务，还须由白朗去完成。

她在等待弟弟从灵魂的洞穴里醒来。她捂住嘴，打了一个很大的哈欠，然后无精打采地回到卧房，钻进被衾，很快就沉入深邃的梦乡。

3

白朗站立在南京秦淮河岸边的街道上。这里楼阁高耸，妓院林立，几乎遮蔽了游客的视线，唯有透过敞开的码头，游人才能看见河里穿梭往返的小艇，丽人在上面低吟浅唱，随船一起穿过石桥下的拱顶，在箫管声里迤逦而去。在乡下待久了，猛然间掉进都市的烟花柳巷，白朗茫然四顾，看得有些痴了。

从醉仙、集贤、讴歌、轻烟、翠柳诸楼面前走过，他径直来到了“富乐院”，那是礼部教坊司所属的官方妓院、旧都官员们纵情声色的地方。他刚刚踏进花团锦簇的庭院，鸨母就大惊小叫地迎了上来。丫鬟们把他围了一圈，仿佛在观看一件精美的鲜肉玩具。

他的相好芸香小姐袅袅地走下楼梯，满眼都是说不尽的喜悦。她是太祖朝兵部尚书铁铉的孙女，二十年前，铁铉因触怒成祖而被杀，妻子和女儿都被皇帝下令送到教坊司，当时芸香还没出生，竟也无法逃脱这一厄难，经过常年的精心教习，终于成为色艺俱佳的名妓。只有白朗洞察了她的真相。她和母亲及其外祖母，都是世袭的“狐仙”，沦落为娼家之后，她依靠迷药与百官周旋，成为富乐院的头牌。然而尽管她用了多款香水，还是无法掩饰从每个毛孔里散发出的狐臭。

她把出手阔绰的玉面公子领进自己的独院，熄灭门头上的灯笼，紧紧关闭门扉——这是小姐正在接客的信号。白朗带来了价值千金的迷药，而小姐则以千娇百媚的柔情回报他的慷慨。他们坐在一起喝酒行令，放肆地调情。越过低垂的半透明丝帘，可以看到月华初上的晚景。大报恩寺宝塔燃起上千盏酥油灯，照亮了大半个金陵古城。

芸香把五弦琵琶放在膝盖上，边弹边唱：“教坊落籍洗铅华，一片春心对落花。旧曲听来空有恨，故园归去却无家。云鬟半馨临青镜，雨泪频弹湿绛纱。安得江州司马在，尊前重为赋琵琶。”

白朗听得潸然泪下。歌声钻入他灵魂中最脆弱的缝隙。白萱一直在缄默之中，也许已经入眠，也许还在偷听着他们的对话。芸香放下琵琶，端起酒杯，又伸出手去，在桌下轻抚他的秘器，眼望白朗，露出意味深长的笑容。白朗也轻抚她的脸颊，赞美她的容颜，但他从未有过跟她上床的意图。对于白朗而言，无论是肉身还是灵魂，没有任何女人能超越白萱。

名牌妓女的“香巢”是按烛头收费的，每枝细烛燃烧一刻钟，便要收取五两银子，还不算礼头、小费和特别的酒水钱。一位豪客的每日花销，多在千金以上。白朗说，我买下你三天的烛头费，只求你替我办一件小事。我要采购三宝太监带回来的那些西洋旧货，不知姑娘有没有合适的人选？

芸香无限妩媚地笑了，在他胸前纤指一点：“公子真是托对人了，明天南京守备罗智罗大人要光临香巢，他是内官监太监，跟和大人都是自家兄弟，正忙于采办三宝太监第七次下西洋的用品，顺便也管着各路库房，我来跟他说说，那些没用的东西，搁着也占地方，还不如换点银子，也好物尽其用。”

第三天午后，一名自称徐旭的内官监典簿，就来白朗下榻的客栈求见，说是奉了守备大人之命，要为白公子解忧。白朗当即给了他五十两银子，对方满心欢喜地收了，教他换上库兵的服饰，手持库兵的腰牌，然后带着他进了库房，去看三宝太监带回来的神奇宝贝。

这几年来，白朗通过中间商，已经买回许多西洋香料、宝石（青金石、玛瑙、缅玉）和各色琉璃器皿。而这一次，他前所未有地深入宝库腹地，兴奋得连说话都有些结巴起来。库房高大而广阔，犹如巨大的宫殿，高耸的货架密集排列，陈放着来自各个藩国的奇珍异宝，还用纸签细细标出物品的名字、来源国和入库的年份，活儿做得一丝不苟。他不由得赞叹说："和和和和大人果果果然了得！"

典簿把白朗留在库房里，交代一番之后，便自己办事去了。两名库兵用竹竿挑起马灯，替他照亮那些躲藏在阴影里的宝物。白朗只是粗略地看了一下与胸腹齐高的那两排货物，还来不及看放在上层的，就已浑身起了鸡皮疙瘩。他似乎置身于《山海经》所描述的世界图景，被各种精怪的肢体和脏器包围。

他对此有些束手无措，不知道该如何下手，只能凭着鼻子的直觉，从那些令人骇怕的气味中，找出可能是"喀琶奴妲"的相克物。最终，他选中了麻林国地麒麟（长颈鹿）的头角，卜剌哇国驼鸡（鸵鸟）的趾甲，木骨都束国花福禄（斑马）的尾巴，苏门答腊国飞虎（鼯猴）的翅膜，古里麋里羔兽（狳猁）的胡须，还有一对忽鲁漠斯狮子的睾丸。

库兵在名录上逐一找出它们的记录，算出价格，然后用纸细细包好，放进一个皮囊。典簿笑道："白公子这回收获不菲，这些可都是稀世药材啊。"白朗懂得他的言下之意，赶紧取出三个金锭，两个交给库兵登记入册，一个塞进了典簿的袖口。

第二天上午，白朗打算动身返回杭州。他提着装有宝物的皮囊走出客栈，想在附近找家车行商议一下租车的价格，却看见两条汉子紧紧盯在身后，浑身散发出浓烈的脚臭、馊嗝味、庙堂檀香味和杀气。白朗快步走了一段路，进入热闹非凡的街巷，也没能甩掉他们。他于是拐进一条朝北的巷子，立定，蓄势，等他们逆着阳光走来，突然向其面部甩出左袖。一股迷香喷出，直击两人的面部，但对方竟毫无反应，拔出短刀就朝他刺去。白朗吃了一惊，知道这回遇上了传闻中的无鼻僧团杀手，不禁发出一声惊叫，连连后退，一直退到墙根。

一条黑影裹挟着狐臭和脂粉香闪电般袭来。他还没来得及看清，两个杀手就已经手捂脖子，颓然倒在地上，咽喉处涌出了黑血。他定睛一看，救他的那位，正是女扮男妆的芸香。她吩咐随身的龟奴拖走尸体，然后拉着他的胳臂走过几条巷子，这才停下来笑道："公子受惊了。我早就发现他们在跟踪你。啥也别问了，这些和尚都是坏人，他们死得其所。"

白朗见四下无人，搂着芸香的细腰，在她脸腮上亲了一口：“从前你是我的红颜知己，如今倒成了我的救命恩人，我真不知以后该如何待你才好。”

“公子多来看我，我就心满意足了。”芸香嘻嘻笑道，身上的狐臭逾越脂粉气，紧紧缠住他的鼻息。她带他到附近一家熟悉的镖行，替他安排好一应护送事务，然后屈膝道了个万福，莞尔一笑，飘然而去，空气里残留着她的袅袅韵味，香臭交织，被风送到远处的榆树梢上。

白朗心里涌起一种莫名的情感。他想叫住她，跟她一起返回富乐院，在那里纵情声色三天三夜，但他最终还是忍住了，仿佛听见姐姐白萱的幽怨叹息。他自嘲地一笑，在镖师的扶持下，登上了即将出发的马车。

4

无鼻僧杀手的袭击，令白朗胆战心惊。当年的临安药师许宣，被白蛇精采走玉液，沦为佛道两家的笑柄。镇江金山寺住持法海的无鼻僧团，为了对付施用迷香的“妖精”，刻苦练习，掌握了一种叫做“龟息法”的闭气术，以及让五仙显形的雄黄法，并靠这两种道术，救下了许宣的性命。

白朗此前多次听人提过这类传说，从未放在心上，刚才亲身经历这场劫难，只好死心塌地地信了，但他最担忧的还是杭州的府邸、密室和售卖迷香的香铺。他跟白萱是五仙的盟友，要是真的被无鼻僧团发现，他们的前程将危机四伏。想到这里，白朗心里堆满了忧虑。他猜那个花花公子，或许就是无鼻僧的探子，前来试探他们的身份。“唉，都是姐姐的贪欲惹的祸。她接的新活儿，终于暴露了身份。”

马车走出南京城之后，路边的风景就变得无趣起来，放眼望去，只是一些长满青苗的平坦田野，偶尔可以见到施粪和拔草的农夫。车夫老张走南闯北，是个熟谙江湖的老手，白朗就跟他闲聊起来，试图打探无鼻僧的消息，而镖师一言不发，用狼一般的目光扫视着道路两边。

老张说：“镖行做的多半是五仙的生意，交的也都是五仙道上的朋友。刚才那位富乐院的姑娘，可是我们的大主顾了。”他上下打量白朗，意味深长地一笑，仿佛也看透了他的来历。白朗尴尬地一笑，什么都没解释，赶紧转移话题，去扯那些关于妓院姑娘的八卦。

傍晚在丹阳的小客栈里打尖时，三人到隔壁酒馆里饮酒。老张酒喝多了，再次提起“五仙”的话题，对这类介于人和动物之间的变种生物，露出又爱又怕的语气。

老张说："这狐、黄、柳、白、灰五仙，最初以采男子玉液为生，而后则开始索要情爱。她们的欲望，深不可测啊！"

一直深陷沉默的镖师，这时看一下四周，压低着嗓门说："我看这屋里就有几个，你们说话要留神了。"

白朗跟这类精灵接触多了，也没太在意，反而笑着问道："看来这位大哥曾经着过五仙的道儿。那种采液之术，据说十分厉害，不知镖师大哥如何应付下来的。"

镖师讷讷地说："从前有过几次，也没觉得有什么可怕，虽然精气有些亏损，但分手之后，心里还老惦着，总觉得她们并非坏人，反倒是那些无鼻僧比较可恶，一直在找她们的晦气。法海和尚早已圆寂，无鼻僧和五仙的战争，却始终斗个不停。那些和尚杀气太重，个个都精通杖法和刀术，动不动夺人性命，弄得天下都怕了他们。"

白朗试图掩饰自己的身份，故意摆出一副旁观者的中立姿态："一边是吸液，一边是嗜血，我看都不是良善之辈吧。"

车夫老张说："不过这样也好，江南这些镖行，亏得他们间的争斗，咱们才能揽到许多生意，两百年来，非但没有衰败，反而日渐兴隆，光是南京城里，就有四百多家镖行，数量都快赶上酒馆和妓院了。”

白朗说：“是啊，有你们这些镖师大哥，我们这些商家便多了一份依赖。”他脸上的忧虑一扫而空，端起酒杯说：“来呀，谢两位大哥，让我懂得了这些江湖秘密，日后小弟在南京和杭州之间走动，还得烦劳两位的大驾。”

“哈哈，这位小爷，容颜英俊，皮肤细嫩，乍一看像个娘儿们，性情倒是个江湖中人。来，干一杯。”老张斟满米酒，一饮而尽。

白朗脸上一红，也喝尽了杯中的残酒。

5

白朗十天后回到杭州，交出他采购到的宝物，重新回到了休眠状态。又过了三日，白萱在黎明时分从深梦中醒来，看见苍穹上斜挂着新月，天边依稀有了一些曙色。她披上波斯羊毛薄毯，急切地穿过秘道，看见制香室的架子上，多了那些奇异的物品，它们的名称和来历，白朗都用小楷仔细地写在曹氏软纸上，带着青檀皮、稻草、丁香和天竺薄荷的气味。就像往常那样，他在卷草纹信笺上留下两行清秀的小楷——

萱，余初醒，思汝心切，百愁纠结。须慎无鼻僧人，彼已近矣。

白萱把信笺藏进那只塞满书信的樟木象牙匣子，小心地锁好，心里充满无名的惆怅。六年以来，他俩交替在世，只能靠书信或耳语交往。眼看匣子渐满，恐怕要换上更大的才能容下了。姐弟俩的彼此思念，是她所要守护的最高机密，就连最体己的三姑，都不能触碰这些字纸。她知道，这封信除了表达思念，还是一种含蓄的警告。虽然白朗遭遇无鼻僧的袭击，但她确信那只是一次偶然事件。南京地面上的和尚，不可能知道他的真实身份。她深信，他从未露出过破绽。

她端坐在蒲团上，收回所有意识，包括诸多担忧和喜悦，把它们聚焦在内心的“喀琶奴妲的第一次微笑”上。它是一个正在旋转生长和含苞待放的骨朵，散发出微笑般的复杂香气。她需要加入一些新成分来中和这种香味，令它在保持强大迷性的同时，变得难以觉察。在这花朵的幻象四周，一些物体在缓慢旋转，其中一些稍后飞走了，还有一些落在花瓣上，跟骨朵融为一体。她敏锐地看清了那些飞走的事物，它们是地麒麟的头角、麋里羔兽的胡须和花福禄的尾巴。依据反向推理原则，她弄清了需要添加的两种成分——飞虎的翅膜和狮子的睾丸。

她仔细清洗这两件宝物，把它们切成碎片，放入矿盐水里煎煮十六个时辰，做成一小罐浓膏，然后又耗费十八个时辰，以蒸馏法加以萃取，提炼出一种淡红色的精油。她管它叫“喀琶奴妲的第二次微笑”，重量只有一钱五分，静静地躺在透明的小琉璃瓶里。

在第五天的正午时分，一直不吃不睡的白萱，终于有些神色委顿了。她扶着桌沿缓慢坐下，知道最后成功的时刻已经逼近，而她还不能彻底休憩。三姑送来了一盏用狗胆、狐肝、虾蟆脑、胡椒粉、料酒和海盐炖成的参汤，用小勺子仔细喂她服下。温热的汤水抚慰了她的肉体，她靠着竹榻昏然睡去。离约定的交货日期还有十六个时辰，她要积蓄能量，在夜晚子时做最后一击。

她后来是这样向白朗描述那个难忘时刻的：午夜到了，三姑替她点燃屋里的所有蜡烛，把整个屋子照得通体透亮。她小心翼翼地从架上取下两个瓶子，把它们放置在柔软的丝垫上。其中一瓶是淡蓝色的“第一次微笑”，另一瓶是淡红色的“第二次微笑”。她屏住气息，把“第二次微笑”小心地滴入“第一次微笑”，然后轻轻晃动瓶子，看着它的色泽逐渐变成淡紫色。她小心地打开鼻息，短促地闻了一下——好极了，完全无味，但她随即感到一阵剧烈的晕眩。俄顷，她猛然软瘫在三姑怀里，发出娇嗲的喘息声。

守在一边的三姑拍着手说：“小姐，你的宝贝总算成了。做得好辛苦呀。”

白萱笑着对三姑说：“我知道宝贝成了，它的名字叫‘喀琶奴妲的第三次微笑’。”她伸手搂住三姑，开始热烈地吻她，“你看见我的微笑没有？是喀琶奴妲的第四次微笑。你看，她在这里对你微笑……”

三姑没有拒绝。她迎着白萱的炽热目光，自己褪下软滑的绣裙和亵衣，大胆亮出了自己的秘器。

“你，你，你这流氓，我要叫醒白朗了。你不是三姑，你是三叔。”白萱后退一步，上下打量着她赤裸的身躯，痴迷地笑着，似乎一点都不感到惊讶。在明亮的烛光下，她的整个面容都在融化，变成怒放在池塘边的皎洁的昙花。

6

那位花花公子准时来到香铺，取走了“第三次微笑”，而且豪爽地支付了余款。白萱告诉他说，这款迷香的最大不同，在于它能跟香主的体味融合，生出一种全新的气味来。花花公子听罢笑了，仿佛再度捡到什么稀世珍宝。白萱还警告他，迷药最忌讳的是人血，只要沾上一点，就会立刻失效。

花花公子临走前还递上一份函帖，说是御史于谦、长史周忱等人前来杭州巡视，三日后，知府大人要办一个简朴的欢迎茶会，邀请地方名士出席，特地点名要她表演江南香道。为香铺的生意起见，白萱欣然接受了这个邀请。

气氛肃穆的府衙茶会，从于谦的申斥开始。他以急促而严苛的语气，痛责国家官吏的腐败无能，不能跟皇帝同心同德，更无法把百姓的生计当作为官者的基本目标。梅花庵奉献的龙井明前茶，以景德镇的青花茶盏冲泡，茶汤香气四溢，却难以平息御史大人的怒气。座中所有浙江官员都受到震撼，场面一时变得十分尴尬。

轮到香道的环节，白萱带着白色软帽和面纱，身穿素色衣裙款款而出，步态雍容。她以朱熹《香界》诗的下阕为母题，把香末倒在香案上，用木模压成篆字，七字为一组，逐个点燃，试图营造出理学香道的精神空间。她点燃的气味舒缓了沉闷的现场气氛。

在进入第一意境“花气无边熏欲醉”时，香篆散发出风信子般的清新花香，于谦斜倚在太师椅上，左顾右盼，似乎并不屑于这种市井的气味游戏。

但到第二意境“灵芬一点静还通”时，水元素雪松木、肉桂、乳香和土元素姜黄、木香根、印度甘松，形成天竺“卡法”的香型，像异域的谣曲那样绕梁不绝，于谦开始正色而坐，仿佛闻到了上古圣人的杳远气息。

在第三意境“何须楚客纫秋佩”中，人们嗅到的是桂花、柳橙、猕猴桃和佛手柑之类的酸甜香气，一如秋天的故里，而于谦这时已被乡愁征服，老泪纵横，打湿了胸前的锦鸡纹袍服。

到了第四境界“坐卧经行向此中”，沉香、檀香、龙涎香和麝香一起涌现，令他感到自身通体透明，犹如回归到澄明的母体，久久不能言语。良久之后，御史大人用手指轻磕几案，表达了自己的赞叹。知府带着全体官员站起身来，向这位来历神秘的香道大师致敬。就连一直沉睡的白朗此刻也苏醒过来，低声赞了一声“妙哉”。

茶会还在庄严地进行，于谦第二轮训话的语调变得柔和起来。白萱独自走出高堂，前去后院赏花，据说那里是杭州最美的官家花园。在那座圆顶的宋式草亭里，她偶遇了两位男子，其中一位是身穿绯红色虎纹官袍的武官，他仿佛已经在那里等候多时，说是要讨教关于香道的诸多困惑。

在议论了一阵理学香道的真谛之后，他说自己是和玛将军，浙江都指挥使佥事，三品武官，管辖着杭州前卫和右卫，而身边那位表情恭顺的青衣短褂男子，是他的仆人，名叫王庆奴。王庆奴朝她躬身行礼，在一边解释说，主人平素没有其他爱好，唯独对香道情有独钟。

和玛将军眼神清亮，目不转睛地望着白萱，而她则躲在面纱之后，脸上泛起了淡淡的红晕。

庭院里月亮高悬，浑圆而皎洁，像灯盏一样照亮了将军高大的身影。越过迷迭香、栀子花、夜来香、矢车菊、风铃草和虞美人草的气息，她第一次清晰地闻见一个男人的味道，它是如此旷达、高远、雄浑有力，犹如天籁，令她魂不守舍。她手扶石榴树枝，努力让自己不会晕倒。

“你的出现，真让人意外。我还没有准备好……”她喃喃低语，有些语无伦次。

“本官有个小小的心愿，想约小姐五日后一同游玩西湖的夜景，不知能否赏光？”

白萱计算了一下日子，必须等到白朗苏醒的周期过去：“过两天我要出一趟远门，大约半月之久，回来后便可赴约。”

和玛将军宽厚地笑了：“我等得及。那就一言为定，二十日后的申时一刻，我在‘雷峰夕照’恭候芳驾。”

女扮男妆的三姑在园子里四处寻找女主人，好容易才看到她的所在，赶紧把她从英俊的武官身边带走。王庆奴看见三姑，脸上也露出了异样的表情。

上了宝马香车之后，白萱还在频频回首，一副恋恋不舍的样子。回到家里，犹自还在品味方才的滋味，露出魂不守舍的表情。三姑哂笑说：“小姐怕是中了迷香了吧？”

白萱笑道：“哪能呀，我会闻出来的。他没这么厉害。”

见主人如此肯定，三姑也无话可说。

六丫说：“小姐今晚特别好看，像天上降下的仙子。”

白萱打开红漆描金的妆匣，对镜端详自己的眉眼，笑颜如花。这可是她从未有过的举动。三姑望着她楚楚生怜的背影，心里涌起一种不祥的预感。

7

购买男用迷香的巨款，令白萱可以休息数年。前一阵的过度劳累，引发她身上的弱症，需要静养和调理。她在香铺门上加了一把崭新的铜锁，又挂上告示木牌，说是店主出远门购买香料，半载后方能归来云云。六丫无事可干，她便叫她住到万松岭家里，跟二姑做伴，负责打理前后庭院的花草。老园丁刚刚去世，她需要一个新人来顶替他的工作。

端午节那天黄昏，白萱提前到达夕照峰下的净慈寺前。越过低鸣的松涛和竹林，可以望见那座五仙们噤若寒蝉的“雷峰塔”，它是一座八面五层的浮屠，赤色砖墙上爬满藤萝，背靠山色迷蒙的孤峰，身影倒映在湖上，与浑圆的夕阳辉映，犹如宝剑和金镜的幻象。她疑惑的是，要是白蛇精还在塔下，五仙们为什么没有前来搭救，或者，她已被秘密救走而没有告知天下？

随着太阳隐没在山后，天色黯淡下来，凉风四起，游客逐渐变得稀少起来。白萱独自在御船坊四周徘徊，眼望那条已经残破的南宋御船，据说那是宋理宗赵昀的遗产，在湖水和风雨的腐蚀下，只剩下一具百孔千疮的骨架，被盛开的荷花环绕，在水面上遗世独立。

她向自己在水中闪烁的倒影望去，看见的竟是白朗的形象——一袭白色长袍，身姿英武而表情愁苦，艰难地翕动双唇，似乎要向她诉说什么。她以为自己看花眼了，再仔细向水里望去，白朗却消失了，那倒影变回她自身的模样。她以为刚才只是一种波纹制造的错觉，不免感到有些惆怅。她希望那是一种跟白朗相见的秘密方式，她需要这种镜像般的幽会，它是如此奇妙，超越了世界的基本定律。但转念之间，她又陷入一种混乱的迷思。她无法解释的是，在照镜自怜的那些日子里，她究竟是在自恋，还是在迷恋那个影子般的孪生弟弟？

“姑娘为何叹息呀？”身后传来和玛将军浑厚悦耳的嗓音。白萱没有立即回首，只是在默然嗅着他的气息。那是一种何等有力的体验呀，它与山野里的松柏清香发生了交响，变得苍劲而雄浑，混合着冷杉、迷迭香、鼠尾草与橡木苔的清新质感。

她随着身披斗篷的将军，登上一条事先租好的小舟，向湖心荡去。将军的仆人王庆奴牵着马儿，远远地守在岸边，一副忠心耿耿的样子。

船娘是个三十几岁的徐娘，风韵犹存，一边摇橹，一边哼唱着江南小曲。和玛将军为白萱斟上自备的果酒，默默地饮着，四只眼睛都看向那暗夜里的湖光山色。半晌之后，将军终于开口说：“小姐的味道真好闻……”

将军没有弄错，白萱今天果然施用了女用迷香，那是苏州城首席狐仙的订货，制作时多出了两钱，她就悄悄留下自用了。连她本人都能闻到这款含有麝猫香、波斯树脂和朝露茉莉的幽淡香气。白萱知道，它一定会让将军魂不守舍的。此刻，她就是那情欲界所向披靡的狐精。

“小姐精研香道，可否告知什么才是香道的真谛？”

“香道的真谛，就是让男人和女人互相喜悦。”白萱悄声说道。

“哈哈，果然如此。小姐真是聪慧，一语道破了天机。”和玛望着低眉浅笑的白萱，露出无限怜惜的神色。

和玛从水里折了一枝莲花，递在白萱手里：“我走南闯北，还从未见过小姐这样的女中俊杰，我……”他有些语无伦次起来，一把把白萱揽在自己怀里。而白萱身子也变得软了，就势瘫在他身上，半晌都动弹不得。

“那天见了将军，小女子都不会走动了。”她在将军耳畔幽幽地说，吹气如兰。

将军周身的热血沸腾起来：“嫁给我，好吗？”他凝望白萱，一字一句地说出了那个终极愿望。

白萱迟疑了片刻，终于鼓起勇气“嗯”了一声，赶紧转过脸去，把自己藏进了月光的阴影里。

华灯初上，下弦的月亮已经半残，西湖上却有一番别样的景致。民众在沿着湖岸投放羊皮小水灯，多达数十万盏，几乎漂满整个水面，远远地望去，犹如点点繁星。据说在每盏灯里，都住着一个等待超度的亡灵。

船娘嘻嘻笑道："看来这真是个良辰吉时呀，两位客官，不妨就在这船上，对着月亮行定亲之礼，我也好做个见证。这种见证，其实我已经做过无数回了。"

白萱咬了咬下唇，迟疑了一下，然后含羞笑道："好吧，就依船娘的意思。"

于是和玛从怀里掏出一串项链："这南海鲛人采集的黑珍珠，是祖上传下的宝贝，曾经戴在马皇后的脖子上，后来被成祖赏给我的祖父。小姐看看，是否可以作为定亲的凭证？"

白萱接过，看见它在月光下闪烁着神秘而美妙的光泽，犹如南海鲛人的眼泪，又像是阳光照临下的蓝田暖玉。这时，她突然觉得一阵刀割般的剧痛，在头颅深处爆发，沿着经络一直传到脚踵。她听见白朗在耳边生气地大叫："住手，你这愚蠢的女人，你会让我们俩都送命的！"

白萱惊惶起来，手头一松，那串价值连城的项链掉进水里，转眼不见了踪影。两人都变了脸色，彼此面面相觑。湖水不深，但要打捞，除非排干全部湖水。白萱双唇颤抖，知道自己铸下了大错。

和玛将军长叹一声，仿佛当头遭挨了一棒。

8

中秋节那天，和玛将军在五间楼举办盛大婚礼，要娶白萱小姐为妻。这件事传遍了整座杭州城，一时成为坊间议论的焦点。

遗失定亲重礼，是一个不祥之兆，但未能阻止和玛将军迎娶白萱的意志。他们彼此被对方吸引，双双坠入热烈的情欲之中。他们在西湖的各个景点幽会，说各种情话，长久地拥吻，却无法逾越男女礼制的最后防线。他们知道，唯有借助婚姻这种俗务，才能成全这场疯狂的爱恋。

离开住宅前，白萱给弟弟留下一纸信笺，向他简要解释了出嫁的理由，只是这理由非常无理，就连她自己都难以置信。她知道这是一次不可饶恕的背叛，但她已被将军的情爱蛊惑，难以自拔。她写下了“事已至此，勿怪汝姊”的字句，然后将笔掷在案头，义无反顾地登车离去。

婚礼上宾客如云，除了地方官吏和豪绅，还有一些打扮风骚的五仙美人。她们利用这个场合寻找合适的猎物。她们在座席间穿梭，顾盼生情，却举止优雅，仿佛是出生高贵的仕女。一名姓萧的幻术师正在表演。宾客们欢喜地看见，龙和凤分别从天上降下，在屋子的上方盘桓对舞，散射出金色的光芒，然后又分别幻化成和玛将军和白萱小姐，在彼此相拥之后冉冉飞走，留下了一屋子浓郁的花香。宾客们轰然发出狂热的叫好声。

从那些尖声大叫的宾客群里，白萱一眼就认出那位订货的花花公子，原来他的本名叫做谷风，是和玛将军的远亲。他混在宾客当中，假意不认识和玛，又风轻云淡地跟白萱寒暄，仿佛也是她的远亲。残剩的神智让白萱警觉起来，怀疑他跟将军联手骗购她的迷香。她知道，那可能意味着她已被自己的迷香击败，落入他所编织的情网。更令人不安的是，白朗竟然始终保持缄默，好像已经对她彻底绝望。她脸色苍白，惊骇得不敢继续往下想去。

面对和玛将军强悍的气息，白萱知道今晚将是个难挨的关头。但事已至此，她只好听天由命。她咬破自己的手指，把血涂在自己的双唇上。是的，这是唯一的解药，她必须强迫自己从“第三次微笑”中醒来。

将军依次到各个酒桌前敬酒，听取各种美妙的祝福言辞，又回敬以各种机智的妙语，有时也回首打量美丽雍容的娇妻，踌躇满志，憧憬着新婚后的浪漫生活，而白萱远望这身躯伟岸的男人，小心地计算着进入洞房的时间。她希望他被人灌得烂醉，完全不省人事。她把赌注押在新婚丈夫的昏迷上。到了明天，她就能托故离开，躲到连鬼神都找不到的地方。

谷风拍着桌子在跟人斗酒，看样子已经半醉。他对身边的宾客说，和玛将军有一回在酒楼里偶遇白萱小姐，从此朝思暮想，夜不能寐。为赢得美人归，就托他设法高价寻购迷香，不料那迷香的制造者，正是美人自己，你们瞧，这是一段何等奇妙的姻缘啊。

他一边高声讲着故事，一边把烈酒豪迈地倒进喉咙，然后跟众宾客一起哄笑。王庆奴站在他身后侍酒，无意中获知白萱私制迷香的讯息，立刻下楼走进厨房，通知了身为无鼻僧眼线的帮厨。

午夜，漏壶里的鱼标，指向子时的刻度，婚宴还在热烈地进行，而欢愉的气氛已经盛极而衰。三百多位嘉宾，喝干一百多个酒坛子，其中大多人都趴在桌上，只有少数人还在酒酣耳热地继续奋战。白萱望着半醉的新郎，忧心忡忡，不知他何时才会轰然倒下。她决定即刻出手，充当那根压垮骆驼的稻草。她端起斟满烈酒的瓷盅，绕过那些心怀叵测的五仙，向即将成为她丈夫的男人走去，脸上燃烧着爱怨交织的情欲。

她不知道，就在她举起酒杯跟丈夫干杯的时刻，她万松岭住宅的门口出现了一群无鼻僧团杀手。他们手持锡杖，粗暴地推翻篱笆，冲入茅屋，抓住已经入睡的三姑和六丫，对她们实施严刑拷打，逼她们说出白萱的真实身份。六丫打熬不住，说出了女主人向五仙提供迷香的真相，并且还供出地下工厂的所在。

无鼻僧人顺着地道闯进密室，看见那些琳琅满目的琉璃瓶、陶罐、坩埚、水池和古怪的物料，恍然落入了恶魔的巢穴。他们怒气冲天，在地窖里堆满稻草，跟原有的木炭一起，放火加以焚烧，把所有这一切都付之一炬。可怜的六丫被无鼻僧打断双腿，活活烧死在烈焰之中。三姑奋起反抗，夺杖击伤一名僧人，其余僧人围了上去，锡杖和短刀一起飞舞。三姑浑身是伤，仍在浴血奋战……

王庆奴从帮厨嘴里获知，杀手此刻已经赶往白萱的住宅，心里顿时生出强烈的愧意，觉得自己虽是无鼻僧的成员，但出卖主人妻子的行为，实在是一种不可饶恕的罪恶。他决计弥补这个严重的过失。他丢下正在忙着跟新娘调情的和玛将军，骑上一匹快马，向城外疾驰而去。

9

和玛将军酒量大得惊人，已经饮下五斤黄酒，加上白萱递上的三杯白酒，犹自岿然不倒。四更梆子敲响时，他扔掉酒杯，牵起白萱的小手，登上楼梯，满身醉意地把她带入了洞房。

这是一间面积不大的屋子，四壁涂满朱色，家具是描金红漆，床上的枕衾也被染成大红。最不可思议的是，就连柱子和房梁都漆成了噩红色。这种色彩符咒如此强悍，仿佛整座婚房都在欲火中烧。

白萱逐一吹灭那些粗大的红色蜡烛，企图把身躯藏入黑暗，但和玛将军不依，他重新点燃被熄灭的烛火，然后手持烛台去追逐新娘，要强行脱去她的袄裙。白萱惊惶地在屋子四处逃窜，两人展开了老鹰捉小鸡的童戏。在将军失态的笑声中，白萱终于吹灭了大多数蜡烛。屋里的光线变得黯淡下来，墙上晃动着人和家具的诡异阴影。

此刻，只有将军手里烛台上的三支红烛，还在闪烁着微弱的光芒。白萱弹出长袖去击打烛台，却被身手敏捷的将军躲过。将军哈哈大笑，乘势一把抓住长袖，扯破了她的袄裙，进而撕开亵衣，见她双乳高耸，腰肢纤细，而胯下却长着跟自己完全一样的异物。

“妖孽，妖孽！”将军无比惊惧地叫起来。“来人哪，王庆奴，你这王八羔子，立马给我滚进来！”

王庆奴在奔往郊外的路上，没有听见主人的召唤。将军于是用力抓住白萱那件带血的秘器，像抓住一条粗大而柔软的蚕虫。他拔出贴身携带的匕首，在她的尖叫声中切割起来。

在剧烈的疼痛中，白萱第一次看见从未谋面的白朗弟弟，他浑身是血地站在面前，面容英俊，脸色苍白，脖子上戴着那串遗失在西湖的黑珍珠项链，声音微弱而又坚定：“你不要怪罪将军，他让我们得到了最后的团圆。今晚，我们才是婚礼的主角。”

白萱伸出双臂奋力抱住弟弟的身躯——一具有质感和温度的实体，眼里流出了无限喜悦的眼泪：“这么多年，为什么你到现在才来见我？为什么？”

白朗说：“我们跟凡人不同，我们是阴阳同体的太极人。但我只是你的一半而已。我一直住在你的背面，就连镜子都无法打开我的囚室。现在我终于懂了，只有死才能解放我们的身体，只有死才能让我们彼此相见，而

我们跟凡人不同，我们是阴阳同体的太极人。但我只是你的一半而已。我一直住在你的背面，就连镜子都无法打开我的囚室。现在终于我懂了，只有死才能解放我们的身体，只有死才能让我们彼此相见，而且融为一体。

——《香道师》

且融为一体。”

白萱惊声叫道：“不，你不要离去！”但白朗的声音逐渐微弱下去，而他的身躯也在变形，先是丝绵般的柔软，继而又化成闪烁着微光的碎片，飘散于她的臂弯之间。她知道，白朗刚刚诞生，就已经死去，而作为他的另一半，她也会很快死去。十九年前她刚出生，就因阴阳同体而被父母视为怪物，遗弃在普梅庵前的台阶上，由尼姑妙素当作女孩养大。而此刻，作为制造迷香的果报，她跟弟弟一起站到了生命线的尽头。

她望着屋梁上方那片无边的黑暗，看见白朗的幽灵在朝自己招手，她突然感到从未有过的轻松。人生如此美好，可惜过于短暂，才刚刚开始，一切便已结束，她甚至来不及研制出师父提到的那种“太极香”。白萱懂得，只要她拥有那种神香，就能摆脱月亮圆缺的支配，跟白朗作自由转换，甚至与他共同生活，琴瑟和鸣。而现在，她只能寄望于下一世了……她无限恨憾地想道，吁出了最后一口芬芳的气息。

将军这时已经完全从酒醉中醒来，鲜血同时解除了迷药的魔力。他怔怔地看着那件在手里逐渐变冷的异物，以及躺在血泊中的新娘，痛不欲生，开始放声恸哭起来。

她即便已经死去，还睁大着眼睛，脸上犹自带着微笑，看起来是如此庄严美丽，犹如一株长在宇宙荒原上的孤树，散发出无色无味的大香。是的，他费尽心机得到这个异种妻子，又亲手把她给毁灭了。他是这人世间最可笑的夫君。

当最后一支蜡烛熄灭时，他扔掉异物，把短刀刺进了自己的心脏。

王庆奴赶到失火的现场，在废墟里发现了身负重伤的三姑。他替她包扎伤口，却意外看见她身体的秘密。三姑心里一急，便昏迷过去，等到三天后醒转来时，已经躺在王庆奴家的床上。

王庆奴没有去参加将军的隆重葬礼。他通宵达旦地照料她，替她清洗伤口，敷上家传的金枪药，又喂她喝下精心熬制的米汤和肉汤，直到她完全康复为止。

在一个大雨滂沱的闷热夏夜，他对她展露出自己的阴阳两套器具。战栗的闪电照亮了那些不可告人的事物。原来，他们都是阴阳同体的变种人。他们就这样彼此掌握了对方的秘密。他们早就知道，尽管面对歧视和迫害的命运，但他们是比五仙变种人更为完美的人类，他们可以彼此相爱，也可以自爱，甚至可以独立完成生殖和繁衍的使命。

和玛将军和他的新娘之死，曾是杭州城里最大的新闻，但数个月过去之后，人们已经淡忘了传闻中的男女主人公。他们香气般从市井的传闻里飘过，消失于记忆和时间的涡流之中。

王庆奴和三姑决定要结为伴侣。他们在白萱家的废墟上造起三间茅屋，置备了简陋的家具，在堂屋正面挂上白萱的画像——那是他们敬拜的新神“香道仙子”。她端坐在一张太师椅上，左手高举药杵，右手托起玉钵，脸上冻结着永恒的微笑。

在办过一场简陋的婚礼之后，也就是立冬那天，他们搬进新家，指望在那里继续生活下去，以男人和女人的双重身份在世，生儿育女，带着“太极人”的全部秘密和梦想，还有一瓶白萱留下的迷香。

“总有一天，咱们会用上这件宝贝的。”大汗淋漓地躺在床上的三姑，摸着枕边那个淡紫色小瓶子，对王庆奴耳语道，眼里露出梦幻般的神色。

验毒师

是时，保姆奉圣夫人客氏方擅宠，与魏忠贤及大学士沈纮相表里，势焰张甚。既遣出宫，熹宗思念流涕，至日旰不御食，遂宣谕复入。

——《明史·列传第一百三十四》

1

皇帝是个杰出的木器设计师，他的全部精力，都聚焦在各种发明和营造上。他从早到晚在公输殿里研究他的产品，孜孜不倦，到了废寝忘食的地步。距离老皇帝被毒死和他登上皇位，已经过去五年，但他只上过两次早朝，三次晚朝。他不认识那些声名显赫的朝臣，也不跟他们对话，而是通过宦官传递消息。他们彼此间的距离，有时只有五十尺之遥。嗓音尖细、性情阴郁的阉人，成了他跟帝国官僚体系的唯一纽带。

皇帝喝着柯夫人的奶长大，直到二十多岁还在无耻地延续。自从第一次在先帝那里怀孕之后，柯夫人的奶水就再也没有断绝，它源源不断地涌出，犹如山上的溪流，长达八年之久。帝国的百姓对此有各种议论，说这位奶妈是猪精或牛精转世。但无论如何，皇帝一日三餐依赖奶妈，这早已路人皆知了。

柯夫人喂奶时，年轻的皇帝坐在龙椅上，柯夫人站在他的右侧，把左奶塞进他的嘴里，吸完后，柯夫人又站到他左侧，把右奶塞进他的嘴里。一日三餐都是如此。吃完之后，皇帝有时还会捧着大奶端详和抚摸一阵，然后丢开它们，跳下龙椅，撒腿朝他的玩具跑去。

柯夫人的奶汁一度成了这个帝国的文化象征。皇帝后来告诉他的皇后说，柯夫人的奶很香，还有点儿腥甜，带着杏仁、榛子和海参的味道。

这种状态持续了很长时间，但突然有一天，柯夫人断奶了。她的乳房没有萎缩，却再也嘬不出一滴奶水。皇帝非常着急，紧急召见御医，要他们修好他的奶具。但众御医对此也束手无措。这时宫里传出柯夫人跟卫太监私通的绯闻，一位司扇的宫女把这个消息告诉了皇帝，但第二天，这名宫女就吊死在公输殿后侧的大梁上。

皇帝听到这些传闻后非常生气，把卫太监叫来，质问他为什么弄坏他最心爱的奶具。卫太监吓得浑身发抖，跪在地上求皇帝饶命。皇帝扇了他一个耳光，又踢了他几脚，狠狠地出了一口恶气。他再次召来柯夫人，使劲挤她的奶水，却一无所获，于是放声大哭，露出无限沮丧的表情。柯夫人深感惶恐，不知如何是好。三天之后，皇帝因营养不良而病倒了。他的性命危在旦夕，整个宫廷都为之震撼，仿佛帝国已经大祸临头。

三公、内阁和中书省的文官们，齐齐聚集在南薰殿里，紧急商议解决这个危机的办法，会议从清晨五更一直开到下午中时，始终没有找出合适的解决方案。大家都疲惫不堪，一脸愁容。几个老臣已经倒在书案上睡去，发出如雷的鼾声。还是户部尚书灵机一动，提议说，既然皇上不吃御厨的饭菜，不妨找民间厨子，烧一些味道特别的小菜点心之类，看看能不能吸引皇上，改一下吃奶的习惯。这个提议立刻被全体通过。户部尚书身负重任，在各地紧急征召民间大厨入宫，要为皇帝提供生命的转机。

皇帝断奶的消息，像风一样传遍整个帝国。第一批入宫的厨子，来自南城的小饭馆，他们离宫室最近，也最先赶赴现场，但做出来的饭菜，却是羊蝎子、酸豆汁和灌肠之类的贱食，皇帝尝了半口，就大发雷霆，差点连桌子都掀掉。

“难道他们都把我当成了傻瓜？”他很生气地想道。

有一名大臣提议说，两年前有忽鲁谟斯国使者进贡了一对奇人，能够生出半斤重的大卵，现今关在司礼监库房里。不妨取来几枚大卵，炒来给皇帝吃，或许就治了他的恋乳症也未可知。宦官们恍然大悟，想起了这对被囚禁多年的西域怪人。当年，他们被番邦使节当作宝贝进献给帝国，却因行为过于诡异，反而遭到冷遇，被长期禁闭在内官监的库房里。他们赶紧打开库门，从臭气熏天的烂草堆里，找出了十几枚白色的大蛋。

来自应天府的厨子商议了一下，决定用这种人卵，做一大盘猪油香椿炒蛋，出锅之后，小太监顶在头上，飞也似的奔向皇帝的游戏室，一路上香气四溢，点燃了所有人的食欲。皇帝这时已经饿到极点，不得已尝了一口，顿时胃口大开，精神也振作起来，竟然一口气吃光了所有炒蛋，而后手捧空碗发呆，仿佛还在反复回味之中。

“真是好吃死了。”皇帝舔着嘴唇上的猪油，由衷地赞美道。

这是一个多么令人鼓舞的开端呀。宫女们都如释重负，宫廷里顿时洋溢着欢喜的气氛。新征召的宫廷御厨，建起五个不同味道的厨房，在原有金陵菜系的基础之上，设计出拥有一百八十种顶尖菜肴的“宋明全席”，又加入大量各地民间小食，光是饺子、馄饨和糕点的品种，就多达七百种之多，帝国俨然进入了美食的文艺复兴时代。那对卵人被皇帝下令释放，成为街头卖艺的魔法师。他们当众脱下裤子，屙出光洁莹白的大蛋，轰动了整座京城。

皇帝突然发现，美味的菜肴比柯夫人的奶汁更加可口，于是把吃奶之事暂且丢在一边，开始了暴饮暴食的全新历程。他发明了一条用木齿轮带动的传送皮带，把上百道精心烹饪的菜肴和点心，直接送到龙椅跟前。每道菜他只尝上一两口，但要全部尝完，也须花上两三个时辰。这可是一场冗长的色香味狂欢。

2

柯夫人摆脱了给皇帝喂奶的事务，身心都得到了彻底解放，可以放肆地跟太监私通，满足那积蓄了八年之久的情欲。也是卫太监命该得到恩宠，此前他从另一名宦官手里，买下一份在宫里流传了数百年的秘方，经过长达十八个月的内服外用，被切除的秘器居然重新长了出来，犹如雨后春笋。除了尺寸稍短，跟常人没有太大的分别。柯夫人初试锋芒，不禁又惊又喜，享用这件宝器，到了如饥似渴的程度。而卫太监也是刚刚上道，身上有用不完的能量。两人躲进后宫的别院“暖心阁”，紧闭大门，在里面疯狂地造爱，日夜兼程。

整个后宫都在传播他俩的“对食”八卦，但皇帝对此充耳不闻。为了维护跟皇帝的母子之情，狂欢后所剩的那点时间，柯夫人会坐到游戏室里，一边做着扇面刺绣，一边安静地观看皇帝的营造工程，不时夸上几句，犹如母亲在勉励自己的孩子。皇帝也习惯了奶妈的身影和声音。只要柯夫人不在，他就会魂不守舍。尽管已经断奶数月，他的迷恋一如既往。

柯夫人严密把守着皇帝通往朝廷的大门。她向皇帝推荐卫太监，说他忠心耿耿，可以代替皇帝处理那些烦人的政务。正忙于发明和营造的皇帝，当然求之不得，卫太监从此受到恩宠，地位急速隆升，从一个中级宦官，升级成司礼监秉笔太监，那是地位最高的内务官职，不仅管辖内宫的全体宦官、宫女和侍卫，而且能代皇帝立言下诏，威震整个朝廷。两年之后，卫太监已是帝国最有权势的阉人。

卫太监利用皇帝不理朝政的状态，假传圣旨，迫害那些表达异见的文官们，大批敢于批评朝政的官员，被下狱或处死，甚至满门抄斩。整个帝国都陷于血雨腥风之中。

皇帝对太监掀起的风浪一无所知。他沉湎于自己的发明和美食之中，耳目俱塞，犹如一个政治盲人，但木匠技艺却与日俱增。他带领一小队苏州木匠，营造了紫禁城的庞大模型，每座庭院和宫殿都精致得跟原物一模一样。他指着缩小了一百多倍的“暖心阁”，对奶妈笑道：“瞧呀，这就是你跟卫公公的房子。”

柯夫人吓了老大一跳，随即出了一身冷汗，不知皇帝是如何得知他们的通奸地点，又是如何掌握建筑物的全部细节的。他甚至能细致地描绘出门上的描银纹饰和匾额上的朱红题款。幸亏皇帝无意深究。他的兴趣仅限于建筑物本身，而非她跟卫太监的绯闻。

皇帝发明了一种机器风筝，可以在无风情况下飞翔一个时辰而不坠落；他发明了木偶士兵，让它们守在自己寝宫门前，任何人走近都会吹出尖锐的哨声；他还发明了一种用石油作为燃料的超级灯具，能把黑夜里的宫殿照得比白昼更加明亮。他最无用的一件发明，是用于吸奶的家具，它们由两张一高一低的凳子对应构成，皇帝可以坐在自己的椅子上，很方便地吸吮被支架托起的乳房。这件发明显然是用来缅怀往事的。柯夫人看了后哭笑不得。她知道皇帝吃奶之心不死，但她现在已经有了更暖心的男宠。

柯夫人担心过度纵欲会导致色衰，就命人圈养起三十名十二岁以下宫女，每天只许进食洁净的蔬菜和水果，一个月后，开始采集她们的津液，跟羊脂和香精混合，制成一种叫做“群仙液”的膏体，用以美颜和润肤，据说有驻颜还童的奇效。柯夫人虽然已经三十八岁，却拥有少女般的容颜。她还亲自用葱姜炖牛、马和兔子的肾脏，给卫太监滋补身子，以免他亏损过度。帝国首席徐娘的心思，真是缜密如丝。

3

文官集团以为他们所遭受的迫害，全是暴虐而昏庸的皇帝所为，他们在京城外的云居寺里举行秘密会议，商议如何早日送年轻的皇帝升天。人人都争相献计献策，最终演化成一场路人皆知的阴谋。

为满足皇帝的口腹之欲，征召优秀厨师进宫的运动已经如火如荼。大批厨子在地方政府“乡试”后，被星夜送往京城，又经户部衙门的“会试”筛选，再转送尚膳监设在校尉胡同的考点，由主司太监加以“宫试”，然后送进宫里，由柯夫人和卫太监亲自主持“殿试”。四轮考察全部通过者，才能被分派到各间厨房，担任正式的御厨，每月俸禄高达二十五两银子。短短三个月间，尚膳监的厨房从五个扩张到五十个，其中二十个专供皇帝使用，还有二十个供柯夫人和卫太监使用。

这场闹剧般的厨子进宫运动，给那些心怀不满的文官们，提供了良机。他们经过三天三夜的反复争议，终于确定了弑君方案——以爱国情怀加重金来收买厨子，让他们伺机在食物里投毒，因为这能轻易地干掉皇帝，而且不动声色。

这天，几个御厨杀手正在厨房里密谋，商议下毒的方式和时间，被刚巧进屋端菜的司膳女官佘如烟无意中听见。她满心焦急，跑去向柯夫人报告，柯夫人又带她去见了卫公公。

事情的结果是不难预料的：图谋下毒的七名厨子，还没来得及动手，就全体落网，被侍卫们砍下了脑袋。他们的滔天罪行被写进皇家榜文里，贴遍了帝国各州各县的城门。卫太监为此加紧了党同伐异的步伐。那些参与云居寺会议的官员，近半数遭人检举和出卖，在经历八八六十四种酷刑之后，以车裂的方式处死，最后让数百条恶犬分食他们的尸块，连一根骨头都不许剩下。

为严密保护皇帝的性命，卫公公组建了一支由三百名小太监组成的验毒兵团，借此营造抵御毒药的肉身防线。他们在老太监的督战下，战战兢兢地为皇帝探查食物。每天都有一些小童被毒死，而另一些小童哭着顶了上去。验毒童子军的队伍就这样日渐稀少。最后剩下的那位小太监，刚咬了一口香婆鸭掌，就倒在转动的皮带上，呕吐物喷溅出来，混合着绿色和褐色的内脏液体，到死都来不及发出一声痛苦的叫喊。

卫公公眼看小太监全部阵亡，又组建了另一支由两百名宫女组成的验毒亲兵，她们身穿战袍，两个耳郭上夹着纯银打造的筷子和钎子，仿佛是两件闪闪发光的兵器。这些兵器的原料来自浙江仙居，由帝国银作局将砂银炼制成高纯度的熟银，再由宫廷银匠打造成精美的验毒器具。

即便拥有先进的验毒工具，宫女们仍然无法逃避死亡的宿命。她们前仆后继地被毒死，就连装殓尸体的棺木都已耗尽，只能用席子卷起，草草埋在法源寺后的坟地里。最后，验毒师团队里只剩那个名叫佘如烟的司膳宫女。半年多来，她独自站在那些缓慢行进的餐食前，身穿洁白的纱裙，用三只纤指夹起含有剧毒的美食，毫无惧色地放进嘴里，面带微笑，俨然是玉树临风的女神。

卫太监大喜过望，将佘如烟提升为宫廷首席验毒侍卫。而自从她独当一面之后，再也无人胆敢对皇帝下毒。宫廷里的紧张气氛开始松弛下来。

柯夫人说：“来吧我的心肝儿，让我们回到暖心阁，在那里洗掉这些令人不快的记忆吧。”

卫太监说：“我所有的记忆都在夫人身上，那是世上最愉快的记忆。”

柯夫人手握卫公公的坚硬把柄，向长廊的另一头走去，笑意里荡漾着春心。宫女们都躲了起来，唯恐犯下偷窥之罪。

皇帝对这些发生在身边的噩耗和奸情不闻不问。他发明了一张行军用的折叠床，又在皇家花园里营造了一座亭子和一个喷泉，水柱可以喷得比大树还高。他还在冬天发明了雪橇，让马儿拉着他在御花园里到处乱跑，哈哈大笑，他快乐的笑声萦绕在帝国的心脏，让那些被冷落的嫔妃，心中燃起希望的火焰。

4

宫女佘如烟成为首席验毒师，这本是件喜庆的事情，但她丝毫没有感到快乐。作为司膳女官，她只能在每晚皇帝进食之后，回到自己住的偏院休息。这所院子里原本住着三十多位尚食局的宫女，虽然没有笑语欢声，但也算是人气饱满，充满着各种欲望、八卦和争斗，仿佛是一个幽暗的戏剧舞台。如今，这些容颜鲜艳的女人已经全部阵亡，整个院落变得悄无人迹，阴森可怖，就连老鼠也逃得无影无踪。但她只能在这里继续居住下去，直到新一轮的宫女被征召入宫为止。

为防止那些鬼魂同事来找麻烦，她把自己关进小屋，从里面用箱子把门顶住，又用木条把窗户堵上，连小便都留在床后的木桶里。她还搜集了七八盏油灯，把屋子上下照得惨亮，以为那样可以驱除阴影，让众多冤魂远离。但过于刺眼的光线令她无法入眠。小院里的滴漏因无人蓄水，早已不再工作。时间离她而去。验毒师的孤寂灵魂，冻结在令人恐惧的夜幕之中。

只有回忆能陪伴她度过死寂的暗黑。她原本出身贵族，身为御史的父亲，遭同僚诬告陷害，全家被满门抄斩，她年仅九岁，就直接被送进皇宫，沦为最低等的宫女，替那些高级别的女官打杂。十五岁时，她被一名尚食局的女官看中，成为她的性虐伴侣。她像男人一样骑在她身上，用皮鞭抽打她，又用木棍和手臂袭击她的下身，弄得她出血不止，差一点死掉。尚膳监的老太监刚巧路过，听见凄惨的呼救声，随即将她救下，又将变态的女官暴打一顿，放逐到倪衣局去做苦役。

老太监弄清她是佘御史的后人，不免同情她的身世，带在自己身边，权当自己的女儿。可惜老太监病入膏肓，很快就一命呜呼，临终前将她升为尚食局女官，可以近身侍候皇帝的饮食。她虽没有成为嫔妃的非分之想，却也有勾引皇帝之心，只是皇帝热衷于营造，对女人毫无兴趣，从不正眼看她，仿佛那只是一件会移动的家具。

身为首席验毒师，虽然跟皇帝的关系又近了一步，但那又能改变什么呢？谁能保证她不会被某种无名毒药杀死，然后像死狗一样，被埋在连墓碑都没有的坟场。就在她昏沉睡去之后，那些宫女的鬼魂还是侵入了她的梦境，她们表情悲苦，眼里流淌着黑血，向她诉说生命短暂之苦，并邀她在冥界团聚。她用力推开她们，就像推开阴郁的浓雾。

她从噩梦中泪流满面地醒来，听见提铃叫早的宫女，正在高声拍打她的房门。哦，是的，新的一天又开始了。她抹掉眼泪，面带微笑打开房门，让澄净的阳光照进幽闭的小屋。

5

女验毒师佘如烟站在长长的皮带跟前，一边品尝食物，一边望着快乐的皇帝，夜晚的各种不悦，都像冰雪那样消融了。她觉得这是一个好皇帝，需要细心加以呵护，于是她加倍努力地舌验更多的食物，以报效皇帝赐食的恩典。如烟自幼入宫，从未吃过什么美味食物，从前侍候皇帝用膳时，她只能无数次地咽下自己的口水。如今她面对山珍海味，大饱口福，不免心情愉悦至极，心想这时她才活得像个人样。

为提升食物的层级，首席验毒师重新设计了宋明全席菜系，把肉食、河鲜、山珍、蔬菜、瓜果和面点，按金、木、水、火、土的五行做了分类，又列出甜、酸、苦、辣、咸、麻、香、鲜八种主味，再细分出甜酸、酸辣、香辣、咸辣、咸香、鲜香、鲜辣、麻辣、苦鲜等十二种组合，重新编撰菜谱，由她亲自制订每日餐饮的细目，交给总厨实施。皇帝的主餐菜单，包含十八道前菜，六十四道主菜和十八道点心，外加八种羹汤，总共一百零八道，正是无限完满的宇宙大数。

很久以后佘如烟才偷着告诉皇帝，她的舌头可以尝出食物中最微妙的成分，没有任何毒物能瞒过她的舌头，无论是砒霜、蝎毒、蛇毒，河豚毒、鸩毒、菇毒、乌头、番木鳖、雷公藤、毒箭木、夹竹桃或断肠草。只要触及毒物，舌头就会火灼般地疼痛起来，毒性越大，疼痛的程度越强。

即便是毒性较低的慢性毒药，她的舌头也会生出麻痒的感觉，好像有一群蚁虫从舌面上爬过。她的另一种异能，是用口水分解毒物，消除它的毒性，所以即便咽下毒药，也已转为无害。但这异能只能出现于少女时期，一旦成婚，它就会黯然消失。

在柯夫人的生日庆典上，一名厨子用细针把毒液注入吐蕃进献的青稞酒里，但外面的红泥封印看起来完好无损。皇帝有些大意了，没有经过查验，就迫不及待地打开酒坛，倒入自己的白银杯子，刚举到嘴边要喝，却被眼明手快的佘如烟一巴掌打落，酒水全撒在身边的吏部尚书身上。

皇帝勃然大怒，正要发作，却见尚书大人开始全身发痒，用力挠着身子，然后身上像被烧灼一样，冒出缕缕白烟。他痛得在地上打滚，最后周身溃烂，化成了一摊脓水。皇帝吓得魂飞魄散，赴会者也都吓得半死，一场盛大宴席只好草草收场。

女验毒师事后告诉皇帝："那是世上最昂贵的毒药，据说需采用上百种毒物，耗费十年之久，才能制成，它还有个充满诗意的名称，叫做'六朝如梦'，取自唐代大诗人韦庄的句子。"

皇帝听罢，不禁毛骨悚然：“不知是怎样的歹徒，要对寡人下如此毒手。”

女验毒师阻止了皇帝的私自饮服，却无法避免它转为一场皮肤谋杀。这场变故点醒了那些幕后主使，他们于是下令刺客把毒物涂到皇帝的餐巾、衣帽、腰带、坐垫、被衾和手帕之类的贴身物品上，但这些阴谋还是被验毒师逐一揭穿。有一回在皇帝的手纸上，她甚至发现了用透明蛇液绘制的精妙纹饰，像一幅山水小品，每一笔都淡弱得难以觉察，却遒劲如钩，带着浓烈的杀气。

佘如烟的工作变得更加忙碌，她除了要应付上百种美食，还要用舌头舔过皇帝的全部用品，在上面留下口水的渍痕，就连她的唾液都为那些物品添加了芬芳的气息。

皇帝之所以注意到验毒师的存在，并非是她的口水，而是那长度惊人的舌头。伸出来时，它不仅能舔到主人的眼睛，还可以折叠、旋转和卷曲。看起来是如此柔软有力。它还有九种颜色，跟不同的味道相遇，会无规则地变色，就像一条动作迅猛的变色龙。皇帝放下筷子，盯着验毒师龙飞凤舞的彩色舌头，不禁目瞪口呆。

柯夫人制定的进餐的程序是，验毒师先尝一口，没有发现问题，皇帝才接着尝第二口。然后两人会简单地交换一下关于菜品的看法，通常都是言简意赅，一语中的，而且意见相仿，犹如心心相印。女验毒师就这样跟皇帝结下了深厚的餐桌友谊。

6

皇帝开始把更多时间花费在进食上，因为它是一种可以跟木器营造媲美的游戏。他让女验毒师坐在身边，看着她长舌飞舞，食物像车水马龙，而美食带给口腔和肠胃的快感，更是无以复加。他们共同享用这帝国的盛宴，沉浸于舌上的狂欢。文官们对此怨声载道，纷纷上书进谏，希望皇帝能改邪归正，但这些奏章都落到了执笔太监的废纸篓里，而后杳无音讯。

由于吃得太多，身材苗条的验毒师，迅速成了京城最肥胖的女人。她纤细的骨骼，艰难地撑起沉重的肥肉皮囊，体重最重时达到四百多斤。这几乎是一头黑毛肥猪的重量。她就连走路都困难重重，需要八个宦官用轿子抬走。

女验毒师的肠胃系统，正在承受巨大的食物压力。她必须随时出恭，以解决废渣的排泄问题。擅长发明的皇帝，费尽心机，为她专门设计了一个豪华的黄金便桶，表层是贴满金箔的菩萨群像，内胆用的是青花瓷罐。粪便可以沿着粗大的管道，直接滑落到台座下面的便桶。而在台座下面，小宦官在不停地更换空桶，用小车拉走盛满秽物的脏桶。她就这样边吃边拉，臭气熏天，犹如一架高效的造粪机器，而皇帝像狗一样在边上痴痴地看着，乐不可支。

“你可真能吃！”皇帝无限羡慕地赞许道。

女验毒师的脸顿时变得绯红：“也不知是什么原因，只要陛下在身边，奴婢就有了用不完的力气。”

皇帝每天跟验毒师做伴，不觉喜欢上了这个日渐肥胖的女人。她容颜清秀，身躯壮硕，奶子也随之日益膨胀，仿佛两枚悬挂在秋天的椰子，在他面前轻微摇晃，蛊惑着他婴儿般的灵魂，唤醒了他被压抑的恋乳癖。他时常放下筷子，伸手去抚摸她的胸器，觉得那真是奇妙而伟大的发明。他也开始欣赏如烟留在物品上的那些口水渍痕，仿佛能够闻到她的口香。他开始迷恋一切跟她有关的事物。

皇帝化妆易容出宫，在城东找到一位声名显赫的摸骨师，据说是南唐李大手的直系后人，给他仔细摸了一把骨头，说他婚姻美满，能找到同生共死的老婆。年轻的皇帝龙心大悦，赏了摸骨师五两银子，回宫后就把柯夫人和卫公公叫到跟前，毫不犹豫地宣布要娶女验毒师为妻。

两位通奸者面面相觑，但随即便答应了他的要求。他们觉得这样做挺好，皇帝将继续沉湎于美食，而权力将继续牢固地握在他们手里。这是多么美妙的事情呀。

但这个决定遭到文武百官的坚决反对，他们纷纷上表请愿，声称宫女出身的验毒师只是庶民，门户悬殊，完全不合祖制。他们还举荐自家女儿，进献她们的画像，声称这些贵族小姐才是皇帝应该迎娶的对象。唯有柯夫人和卫公公坚定不移地支持他的决定。他们驳斥那些谬论，申明验毒师的重大意义——只有结婚才能彻底解决君主的防毒难题。

“你们中间，有谁愿意让自己女儿担起验毒师的职责？”在朝政例会上，卫太监代替皇帝质问那些朝臣。众人无言以对。他们的确没有做好牺牲女儿的准备。

“那你们就不要再放屁了。屁太臭的话，是要折你们寿的。”卫公公的言语意味深长。

7

皇家婚礼就这样如期举行了。庆典的规模超出了民众的想象，仿佛在重演当年三宝太监下西洋归来时的场景。大游行招引了无数民众的围观。御林军身穿华丽的战袍和盔甲走过大街，后面是那些御兽苑里的动物——大象、斑马、犀牛和长颈鹿等，在驭兽师的指挥下，摇头晃脑地走过大街。只有狮子和老虎被关在铁笼里，由马车牵引，豪迈地接受人们的注目和狂欢，它们的吼声惊天动地，仿佛是对皇帝婚礼的礼赞。

按照官府下达的命令，京城百姓须把餐桌摆到大街上，彼此衔接成一条长桌，再放上自家的酒肉饭菜，任人胡吃海喝，就这样持续了三天三夜，美其名曰“长街宴”。而人们还没来得及从这场狂欢中醒来，衙门的小吏就开始上门收取酒宴税了。那是卫太监的指令，他要顺便搜刮一下皇宫四周地皮上的油水。京城的百姓们不仅赔了饭菜，还要被强行征税，但他们恭顺地接受了这种安排，没有一丝一毫的怨言。他们在服从方面所拥有的美德，真是令人惊叹。

他让女验毒师坐在身边，看着她长舌飞舞，食物像车水马龙，而美食带给口腔和肠胃的快感，更是无以复加。他们共同享用这帝国的盛宴，沉浸于舌上的狂欢。

——《验毒师》

皇帝的婚后生活看起来非常和谐，但还是出现了某种微妙的变化：皇帝因为沉迷于床笫，不再暴饮暴食；然而因为频繁做爱，皇后的验毒能力也在退化，逐渐丧失了那份天赋异禀。好在投毒者已被彻底清除，食品安全问题得到了终极解决。由于食物大量过剩，皇后宣布，在皇帝用膳之后，剩余的所有食物都分发给宫人。这样，整个宫廷的伙食都得到显著改善。皇后不知道，这个义举令她赢得了绝大多数侍从的好感。

一个月后的某个早晨，皇帝在寝宫里发出一声尖叫，侍卫们以为出了什么大事，从四面八方赶去，却发现皇后正在给皇帝喂奶，而皇帝则在大口吸吮，脸上露出无限幸福的表情。原来刚才的叫喊，是皇帝第一次喝到皇后奶水后的狂喜反应。人们在四周静观，而他们旁若无人。每隔一小会儿，皇后还会伸出她彩色的长舌，轻舔一下皇帝苍白的脸颊，仿佛是母亲在伸手抚慰她的婴儿。这个满含爱意的场景，引发了后宫的模仿浪潮，宦官们竞相向宫女索取奶头上的安慰，而宫女也仿效皇后，慷慨地布施她们的胸器。只有柯夫人为此恼怒不已，因为这意味着皇帝摆脱了对她的最后一丝牵挂。

没人知道皇后是如何在尚未怀孕的情况下获得授奶能力的，但这足以制造出民间的敬拜浪潮。百姓们在街谈巷议，眼里露出无限惊讶和崇仰的表情。他们在家里张挂皇帝和皇后画像，向他们热烈祝祷，祈求他们的庇佑。不仅如此，皇帝夫妻的行为方式，也成了全体国民的榜样。世人都以吃为时尚，并由一日两餐，改为一日三餐或四餐。这样做的结果是，市面上的食物发生严重匮乏，加上随即降临的旱灾和蝗灾，一场前所未有的大饥荒应运而生。

更为蹊跷的是，就在这年的北京王恭厂附近，发生了一场来历不明的大爆炸。人们听见一阵连环巨响，天塌地陷，半个都城的房舍化为瓦砾，而城里的男女皆成裸体，身上的衣物和首饰，还有诸多器皿，被一股神秘的力量，全部席卷到郊外西山一带。皇宫也不能幸免，殿堂虽然没有倒塌，但宫女们被浑身剥光，吓得四处寻找自己的衣物，而太监们露出了净身留下的伤疤。

卫公公虽然位高权重，也无法逃避这场劫难。他当时正在召集部分宦官和宫女训话，突然间全身的衣物飞走，暴露了自己的秘密。从此，满宫都是关于他私藏把柄、欺瞒圣上的消息，而它也进一步佐证了此前关于他跟柯夫人私通的流言。这在过去是犯禁的死罪，最起码也要被鞭挞半死之后逐出宫廷，沦为平头百姓。公公为此非常焦虑，连着杀了三十几名宦官和宫女，试图阻止谣言的流传，但他最后才发现，流言才是这世上最坚硬的事物。

一次佘皇后吃了什么不洁之物，开始上吐下泻。御医坚称这是食物中毒，而毒源是条没有洗净的鲤鱼。皇后突然意识到，由于失贞的缘故，自己正在丧失验毒的能力。她对镜自照，发现舌头的九色已经消失，唯有舌根附近，还有一些幽暗的蓝紫色尚未褪尽。她哭着对正在吃奶的皇帝说："陛下呀，从今往后，我不能继续保护你了。"

皇帝先是大惊失色，转而又好言相劝："不要紧，现在已经没人想要毒死我了。因为他们知道，作恶的并非寡人，而是另有人在。"

佘皇后惊讶地看着自己的皇帝丈夫，发现他已经长大并且懂事了。她抚摸着他手握墨盒、青筋毕露的双手，暗自为这个天才木匠的觉醒祝福。

8

皇后与皇帝之间的恩爱，是帝国的吉兆，人们相信这会给国运带来正向的动力。他们的故事被广泛传颂，成为街头巷尾的主要谈资。大饥荒还在蔓延之中，但皇帝和皇后的故事给了百姓信心，他们坚信很快就会度过这场灾难。他们勒紧裤带，上山寻找食物，就连树皮和野草都不放过。许多人在饥饿中死去，但他们毫无怨言。

皇后每天晚上要给皇帝讲故事，讲自己早年的笑话。她第一次看见皇帝时，居然吓得尿了裤子。皇帝就嘲笑她胆子太小。但皇后反驳说，那都是因为你很可怕，长得像个雷公。皇帝说，我哪里像雷公啦？皇后说，反正那时我最怕的就是你，因为你们家杀了我们全家。皇帝说，唉，不要提这事了，那时我还是个小孩子，哪里知道宫廷里的事，竟是那么可怕。皇帝捧起皇后的脸蛋，小心地亲吻起来，仿佛是要替她抹掉脸上和心里的悲伤。

为了逗皇后开心，皇帝讲了三个香香大王的故事。第一个故事的主角是巴巴大王，他每天要拉许多很香的巴巴，堆起来像一座大山。巴巴大王宣布，他的巴巴比黄金还要贵重，可以用来制造钱币。谁要是胆敢偷吃，就会被大王亲自下令杀头，虽然从来没有发生过这样的事情。但老百姓的巴巴就不值钱了，甚至不能用来交换粮食和棉布，只能倾倒在田野里，去喂那些干枯的麦苗。

有一天早晨，巴巴大王突发奇想，要用他自己的巴巴，建造一座伟大的城墙，为老百姓挡住来自北方的寒风。于是他叫来了全国所有的工匠。他们每天从早到晚忙碌，把国王的巴巴做成砖头，晒干了之后，再砌成高墙。巴巴大王每天忙着坐在马桶上拉巴巴，要为广大人民谋幸福。他的马桶是一座很大的机器，上面有很多管子，弯曲着通向造墙的工地。整个国家都散发着御制巴巴的香气。

巴巴国的人民很辛苦，一边闻着巴巴的香气，一边夜以继日地造墙，既没有觉睡，也没有饭吃。这时有个坏女人叫齐姜，因为找不到做工的丈夫，悲伤得放声大哭起来，把修好的巴巴墙都冲垮了。

巴巴大王很生气，下令用巴巴造了一座巴死巴监狱，把这个女人跟同情她的人都关了进去，说要亲自香死这样的反动分子。齐姜在巴死巴监狱里天天大哭，流出来的眼泪又把牢房的大墙冲塌了。

巴巴大王这回更加生气了，就下令士兵用最新鲜的巴巴把她活埋，还做成了小山一样的坟堆，可是齐姜死了以后还在不停流泪，把坚固的坟堆也冲垮了。

巴巴大王听到了这个消息，气得从马桶上跳起来，不小心摔了一跤，从此再也拉不出巴巴。几天以后，他就被自己的巴巴憋死了。他死的时候，肚子鼓得比天还高。人民于是停止了造墙，挖开一座更高的高山，把他的尸体埋了起来。这座怪山，后世叫它昆仑。

在讲完第一个故事之后第十天和第三十天，皇帝又先后讲了尿尿大王和屁屁大王的故事。说是巴巴大王死后，齐姜从墓坑里爬了出来，原来她还没死，但样子却很像鬼魂。她迎风站在一堵没有倒塌的大墙上，向人民宣布了她的秘密。原来她的眼泪不是眼泪而是尿尿。不过她的尿尿跟别人不同，是从眼睛里流出来的。人民很奇怪也很喜悦，就推举她当了女王，尊称她为尿尿大王。

尿尿大王开始统治这个伟大的王国。她每天坐在宫殿里哭泣，说是在想她那死去的老公。流出来的香尿尿，变成了一条颜色黄黄的大河。许多御用文人都在写诗歌，赞扬它的伟大和芬芳。

她死了之后，造反的人民拥戴一个放屁很响的人当了屁屁大王，他坐在巴巴大王和尿尿大王的龙椅上，大哭了三声，又大笑了三声，从此开始治理新的王朝，他的人民都叫屁民。

大王的屁屁有着无穷的妙用，还可以被用来制成奇妙的兵器，只要对着敌人一放，轰隆一声，又香又响，还冒出很多白色的浓烟，全世界都被吓得半死。屁屁大王就这样轻易地征服了整个地球。屁屁大王检阅自己的士兵，亲自放了个顶尖的大屁，声音震天动地，散出的香气五百里外都能闻到。

后来，为了纪念这三位过世的大王，人们在各地为他们造了许多庙堂，模样有点像公共便所。当人们前去巴巴、尿尿和屁屁的时候，就会很深情地想起他们，并高声颂扬他们的伟大和光荣。

皇后听着皇帝编造的故事，笑得花枝乱颤，而皇帝看着她的傻样，也笑得死去活来。

皇帝说："你就是那巴巴大王和尿尿大王。"

皇后反唇相讥："你就是那屁屁大王。"

皇帝哈哈大笑："好吧，我们果然是一对活宝。"

皇后在放肆地大笑后惆然想道，尽管这世界充满危险，但这笑声就是战胜恐惧的良药。他们需要在大笑中忘却那根正在勒紧的绞索。她的奶汁变得越来越甘甜，有着难以名状的芳香，令皇帝爱不释口。他们都知道，那是新生活带来的恩惠。而且他们还知道，好时光不会久远。他们惜日如金，贪婪地吸吮着饱含在故事里的生命趣味。

9

在这三年里，宫廷里发生了许多变故。卫太监不仅跟柯夫人上床，而且还图谋篡夺权力。他们陷害朝臣，清除一切怀有赤子之心的文官。出席早朝的官员变得日渐稀少。皇帝偶尔上朝，看见这个萧条的景象，心中非常不悦，开始流露出对卫公公的不满。他说：“宫里怎么如此冷清？我不喜欢太多的死人。”这些怨言传到卫太监耳里，引起了他跟柯夫人的警觉。

他俩开始在床帷里密谋。皇帝已经长大，开始变得更有想法，而许多想法是非常危险的，因此要尽快结束皇帝的性命，以免夜长梦多。但假如沿用过去投毒的方式，就得先过皇后这关，也就是必须先翦除皇后。这时他们突然意识到，那个他们一手扶持起来的前宫女，才是真正的心头大患。

柯夫人说：“皇后该死。”

卫公公说：“皇后的确该死。”

柯夫人又说：“你来想办法做掉她吧。”

卫公公说：“对了，先做掉她，再做掉皇帝。这样我们就安全了。”

“不要着急，先等上一等，会有机会的。”柯夫人诡异地笑着，露出高深莫测的表情。

自从发现自己失去验毒能力之后，佘皇后郁郁寡欢，不知道什么时候会大祸临头。她带着一名叫做秋香的宫女到北海白塔寺烧香，祈求神明保佑，三柱线香烧到一半，竟然全部熄灭。这分明是个不祥之兆。佘皇后为此很生气，怀疑线香受潮，便大声斥责秋香办事不力，连香火都不会挑选，简直就是个废物。

宫女秋香受到佘皇后的呵斥，心怀不满，私下对人抱怨说，皇后很坏，骗了大家，因为她的舌头早就丧失验毒的能力。一名小宦官偷听到这个天大的秘密，赶紧去向柯夫人告密，想换回几两赏银。柯夫人闻讯大喜过望，跟卫公公设计出一个完美无缺的阴谋。

柯夫人说："我的宝宝呀，我刚想睡觉，就有人给我送来枕头，你说奇不奇怪呀。"

卫公公说："是呀是呀，天意如此，不能怪夫人翻脸无情。"

柯夫人于是前往公输殿觐见皇帝，说是很快就到了祭拜孔圣人的大典之日，为了弘扬儒家的孝悌教义，要在宫里演出一台大戏《母子情》，请皇后和皇帝分别客串母子角色，表演慈母给孩子喂奶的动人场景。这个创意正中皇帝下怀，他要借此向世人表达皇帝与爱妻之间的深情厚意。

但皇后心里却生出一些疑惑：为什么柯夫人不亲自

扮演喂奶的母亲呢？难道她不是皇帝的奶妈吗？她把这种困惑告诉了皇帝，皇帝笑着说她想多了，现在喂他喝奶的，不正是皇后大人吗？皇后黯然无语，心里老是觉得有什么地方不对。

大戏开演的当天，皇后早晨起来，喝了一盏秋香递过来的海参炖山参汤，当即感到胃部有些不适，但她并未十分在意。黑夜降临时分，大戏在前宫的戏台上热烈开演，皇帝发明的汽灯，把舞台照得犹如白昼，锣鼓、唢呐和丝弦一起奏响。

依照事先设定的脚本，在明亮的灯光下，皇帝夫妻携手走上台去。皇后当众解开衣襟，把乳房塞进皇帝嘴里，而皇帝则很认真地吸吮起来，钟鼓齐鸣，众宫女引吭高歌，赞美着伟大的孝道精神。在光线黯淡的戏台下，太监、宫女和侍卫们发出了热烈的叫好声。

皇帝笑着对皇后说："你看，我们终于学会了演戏，我们也是优秀的戏子。"

皇后摇摇头，脸上露出忧伤的神色："这样的戏太假，结局一定不会好的。"

他们像英雄一样走下戏台，乘轿离去，而在他们身后，那出大戏还在火热地上演。

到了午夜时分，皇后腹中的不适逐渐变成了剧痛。

她在床上打滚，痛得死去活来。御医大惊失色说："这是砒霜中毒的典型症状。"

皇后用无限虚弱的声音对皇帝说："是那碗参汤……"还没有说完，就昏死了过去。

皇帝勃然大怒，命人去逮捕秋香，发现她已经跳井自杀了。这时皇帝也因吃奶而引发腹痛，颓然倒下，而且很快就全身青紫，屎尿横流，在痛苦的抽搐中死去。在断气之前，他蘸着自己的屎尿，在床单上歪歪扭扭地写下了七个字："下毒者，柯卫也"。一名司寝的小宦官哭着撕下床单，趁着柯夫人还没有赶到，偷偷藏起了这件肮脏的遗物。

10

皇帝享年只有二十四岁。他的下葬仪式是秘密举行的，只有少数内阁大臣参与。他端坐在自己设计的黄铜包皮的楠木棺材里，身披三十多层柔软的丝绸，口含形似猪肉的玉玦，脸上依旧保留着贪恋美食的表情。

哀乐起来的时候，所有宫女和宦官都流下了眼泪。他们知道，本朝最好的皇帝皇后已经离去，而他们将面临一场新的劫难。柯夫人身穿黑色的丧服，仪态万千，容光焕发，脸上洋溢着驾临天下的神采，仿佛垂帘听政的时代已经降临。她在葬礼上宣布说，是皇后的毒奶造成了皇帝的死亡。皇后是杀死皇帝的罪魁祸首。

卫太监当即命令内阁大臣展开调查，务必找出皇后的幕后黑手。她的父亲佘御史早已被杀，但他的党羽仍在频繁活动，这场谋杀就是一个明证。虽然此前已经杀了几批，但未能彻底清除，需要再接再厉。卫太监表情狞厉，好像准备大开杀戒。

但柯夫人跟卫公公都不知道，皇帝的遗诏，早已被敌对的宦官偷偷交给了兵部尚书。皇帝下葬后，死亡的真相迅速传播出去，京城里弥漫着诡异的造反气息。朝臣们在云居寺秘密集会，面对皇帝的屎尿遗诏，群情激愤，发誓要为可怜的皇帝皇后复仇，彻底清除宫廷里的妖孽。这一回，文官和武官放弃平素的钩心斗角，变得同仇敌忾起来。他们知道，这是他们打击共同敌人的最后时机。

三天以后，山东布政司率先发出讨逆檄文，随后，河北、北直隶、山西等省的都指挥使也揭竿而起。到了五个都督府都派出勤王大军时，为皇帝复仇的多米诺骨牌已经形成。负责看守京师和宫廷的大将军见势不妙，随即撤走自己麾下的全部士兵，整个北京成了不设防的城市。一夜之间，皇家粮仓被盗匪抢夺一空。

卫太监知道大势已去，走投无路，与柯夫人一起抱头啜泣，后悔不该除掉皇帝，惹出了如此大的灾祸。

卫公公说："夫人呀，趁现在他们还在路上，我们还是赶紧逃走吧。"

柯夫人浑身颤抖，但表情依然从容不迫："我的肝儿呀，既然事已至此，这也是我们该受的命。逃是没用的，到哪里都会被捉住，而且一定死得很难看。既然我们已经结为'菜户'，倒不如就这样'对食'到底，享受一顿这最后的美餐。"

卫公公听到夫人提及"最后的美餐"几个字，再也止不住内心的惧怕和悲伤，放声大哭。

柯夫人挥手让下人离去，顺便关上殿门，然后自己启动送菜转盘，拉着两腿发软的卫公公一起，坐上皇后的黄金便桶，开始暴饮暴食，就这样吃了整整两天三夜。两人吃得太多，肚子都爆裂开来，肠子流了一地。但因尸体无人收拾，整座宫殿都散发出浓重的尸臭。勤王的士兵杀进皇宫时，只好用手臂捂住自己的鼻子。

卫公公虽已暴死，他的尸体还是被拖到午门外的广场，遭到历史上最严厉的凌迟。帝国首席刽子手亲自动手，面对成千上万的百姓，割了他三千六百八十一刀。看在曾经喂养过皇帝的份上，临时主政的左丞相决定对柯夫人从轻处置，在鞭尸三十下后，将她葬在皇家墓地的旁侧，让她跟那些忠心耿耿的仆佣们一起长眠。

11

验毒师佘如烟没有被毒死，她体内残剩的解毒能力，在关键时刻发挥了作用。她奄奄一息，被手下的宫女救活，乘坐皇帝发明的机器风筝，在遒劲的朔风吹送下，悄然逃离皇宫，降落在城南的荒郊野地。

她在一名侍卫家里住了三个月，靠着药饮和药浴，逐渐排出体内的余毒，只是奶水断尽，瘦骨嶙峋，看起来像是一位饱受摧残的饥民。大病初愈之后，她雇了一辆大车，带着整整五麻袋番薯块和苗茎离开京师，一路看尽了漫山遍野的饿殍，还有沿路乞讨的逃难人群。走了将近一月，她渡过黄河，辗转来到自己的老家，重新做回一名寻常的农妇。

乡邻们都知道她全家遭受迫害，却不知道她还曾经贵为皇后，见她无恙而归，依旧视她为贵族之后，待她十分有礼。老宅已经荒废多年，庭院里长满了蒿草。她慢慢拾掇，总算可以在里面安身。刚住下不久，便有许多人上门求亲，都遭到她的婉言谢绝。她在祖屋里设了香案和木牌，每天都燃香祭拜。没有人知道，她是在为那位不幸的木匠皇帝丈夫守灵。

如烟开始了自己的种植计划。那些由广东人从安南引入的番薯，在粤闽一带广泛种植，曾经拯救了大批饥民，就连同样面临饥荒的琉球王国，都受过它的恩泽。福建巡抚上报朝廷，但无人问津。只有她知道这是真正的宝贝，比珠宝和黄金更有价值。家乡的农夫们刚从大饥荒的噩梦中醒来，一切都百废待兴。而她的使命，就是推广这种耐饥的薯类，以便百姓能彻底摆脱饥饿的阴影。她要借此弥补她跟皇帝造下的贪食罪孽。

春天来临的季节，她亲自下地，用耕牛犁开土壤，把切开的薯块种植下去，等到长出藤蔓后，再剪开蔓苗，广泛栽插。半年后，她带着邻人一起收获，用锄头刨出大量纺锤形的红薯，仿佛是上苍赏赐给农人的厚礼。村民们看见那些累累硕果，都羡慕极了，前来向她讨教，她就开始手把手地传授，推广这个来自异域的新物种。又过了十年，她喜悦地看到，黄河两岸的田野上，到处都爬满了这种鹅卵形的绿色蔓叶。

世人尊奉已故的皇帝和皇后为食神，他们请来技艺精湛的木匠师傅，打造起食神庙，又把食神做成一对高大的彩色塑像，放进庙里，配上香案、香炉和旗幡，小心地供养起来。每逢元宵、寒食等节日，附近的居民就会前来祭拜，香火络绎不绝。佘如烟五十岁那年，看守小庙的道姑去世，里长跟众里老商议之后，决定派她去接管这个职务。

“你孤身一人，年岁也高了，还不如去庙里安身，好歹有食神的照料。”里长语重心长。

佘如烟说：“是的，我知道，那里应该就是我的归宿。”

一贫如洗的如烟，早已失去了拒绝的权利。守庙是她唯一的月钱。她每天都要面对自己和夫君的塑像，望着那陌生而虚假的面容，点燃劣质的香烛。那些供桌上的番薯、瓜果和馒头，就是她唯一的口粮。岁月如织，她在自己的神庙里逐渐老去，脸上爬满了密集的皱纹。每天她都在回忆跟皇帝一起的宫廷岁月。那是何等幸福的时光，就像一个如烟的美梦。

随着人们对大饥荒的记忆逐渐淡忘，食神庙的香火也变得冷清起来。人们已经不再需要食神的庇护。终于有一天，被人遗忘的女食神，饿死在自己的庙里。村民发现她时，她躺在一张破烂的草席上，身体已经腐烂，只有一条长长的舌头露在嘴外，鲜活如初，仿佛还能进食和言语，而且散发出奇异的香气。

相骨师

窅娘纤丽善舞，后主作金莲，高六尺，饰以宝物细带，命窅娘以帛绕足，号纤小屈上作新月状，素袜舞莲花中，回旋有凌波之态，由是人皆效之。

——《十国春秋》

1

那个叫做鸦头的十六岁女子，顶着一把破伞在街上独自行走，鬓髻散乱，青布短裙和绣鞋已经湿透。

她在寂冷的石板路上奔行，奋力抵挡江上吹来的大风。没有人认得这个形态卑微的女子。就在油布伞即将散架之前，她跑进了光线黯淡的药铺。

她从衣襟里掏出早已打湿的药单，艰难地打开，发现墨迹已经彼此叠印粘连。长着山羊胡子的药师，从柜台后面接过了药方，凑近鼻子仔细辨认了一番，仿佛在探寻开方者的气味。

药师开始打开那些小抽屉，抓出一些晒干并切碎的药草，放在小铜秤上仔细称量。店铺里顿时弥漫出一股草药的香气。

鸦头没有搭理药师，而是笑着对正在用方絮纸包药的少年学徒说："包得紧点，上回就散了。"

学徒苍白的脸上泛起红晕，头也不抬地说："每次见到你，我的药就包不好。”

鸦头嘻嘻笑了：“莫非我还是个祸精不成？”

学徒的脸涨得更红了。他没有言语，把药包分为两摞迭起，用粗糙的纸线仔细地扎好，仿佛在包扎一件贵重的宝物。

鸦头接过药包时，小手指甲轻轻滑过学徒的手背。学徒浑身一颤，手僵在半空中，一时放不下来。鸦头又一次嬉笑起来。她打开伞，飞也似地跑出店铺，重新回到细雨迷蒙的街上，随身带走了她的笑语。药铺里瞬间安静了下来。

2

鸦头是在给自己的主人抓药。他已经病了一个多月。自从他应召入宫，回来后就郁郁寡欢起来，仿佛丢了魂似的。她先后延请三四位道士，都说是情志所郁，心脾两亏。但改了多次方剂，也不见有什么起色。鸦头也有些着急起来。她吩咐厨娘煎煮新药，自己跑进主人的房里，看见他正安静地坐在窗边独自品茶，眼神迷惘，表情忧伤。

鸦头蹑手蹑脚地走过去，用一根鹅毛在他手背上轻抚，主人像被火燎一样抽回了手，叹口气说："鸦头回来了？"

鸦头没有言语，又用手指轻挠他的胳肢窝。

主人微微一笑，一把抓住了她的双手。她没有挣扎，而是静静地站着，享用这被他的双手捕捉的时分。他的手掌冰冷而潮湿，像舌头一样卷住了她的手指。

主人的双手，看起来色泽白皙，肌理细腻，比女人的手更柔嫩和绵软，还有一种微弱的磁力，掌心就像章鱼的吸盘，可以吸住钢针、布扣和沙砾之类细小的事物。纤长的指尖总在神经质地颤抖，仿佛是在秋风里瑟缩的枯叶。鸦头迷恋这手，就像婴儿迷恋母亲的乳头。

她还记得第一次被人领到主人面前时的场景。那是三年前多雨的午后，主人用食指和中指在她头颅上轻轻抚摸，一直向下摸到腰肢的位置，然后迟疑地停顿下来，换成无名指和小指，缓慢地向上爬升，重新折回到头颅的顶部。

手指的爬行犹如蚂蚁，轻微而灼热，令她毛骨悚然，仿佛一股暖流涌上头顶。这是一种怎样的抚摸啊，简直就像来自神明的祝福。但主人突然中止了摸骨，呵呵一笑说："这个丫头有奇骨，忠诚可靠，我要她了。"他摸索着掏出五两银子，交到人贩子手里。鸦头眼望这个即将成为主子的瞎子，突然间热泪盈眶。

在这动乱和朝不保夕的岁月，算命成为人们聊以自慰的重要方式。相骨术风靡一时，跟子平术、八卦术和相术并列，甚至比前者更加神秘。此术可细分为摸手、摸脚、摸乳、摸臀、摸颅、摸耳和摸脊等各个分支，门派林立，彼此倾轧，而且还大规模卷入朝政。许多相骨师成为宫廷和地方势力的幕僚，为他们出谋划策。在茫茫黑夜之中，手指成为探索命运的最高用具，盲眼的智者借此为迷途的明眼人指点江山。

鸦头后来才知道，她的名叫李大手的主人，是这行业中最拔尖的一位。他的技艺源自家传，源自唐人李淳风，由曾祖父、祖父和父亲一路传来，在他手里发扬光大。相骨行业必须由盲人担当，所以他一出生，就被父亲在眼里喂了毒药。他在剧痛和号啕大哭中成为盲者。神明先剥夺他的视觉，把他置于卑微和低贱的地位，然后再授赐神奇的预言法力。这是发生于盲人和神祇间的秘密交易。

基于某种罕有的天赋，李大手发展了祖上传下的秘术，把它推进到前无古人的地步。他的相骨算命术算出的结果跟事实几乎分毫不差，犹如神明，据此在江湖上享有盛名。相骨的预约，已经排到三年之后。他的收费只有两种标准：穷人五个铜板，富人五两银子。他据此积蓄大宗财富，购置宅院，雇佣丫鬟、车夫、园丁、厨娘和杂役，出门前呼后拥，一时成为炙手可热的人物。此前他曾奉召入宫，替皇帝及其嫔妃相骨，深得皇帝宠信，所题写的“天机蕴骨”四字，被刻制成匾额，高悬在府邸门口，由此获得更大的名声。

李大手毕生没有娶妻，婢女鸦头是他身边唯一的年轻女人。鸦头的职责就是伺候他的起居，并在“出诊”时加以搀扶和导引。此刻，身材肥硕的厨娘走进来，摆放好了四菜一汤的饭菜。主人开始默然吃饭，只扒了两口，便黯然放下了筷子。鸦头知道，他的忧郁病已经很深。她伺候他宽衣解带，用热水仔细擦拭他的全身，在他躺下之后，再用手指和鹅毛交替着轻抚他的肌肤，直到他闭眼入睡为止。

鸦头见他许久没有声息，以为他已经入眠，便在床榻下部的踏板上铺好被褥，吹熄了灯焰，静静地躺了下来。她的位置比主人低矮两尺，无法看到主人，却可以听见他近在咫尺的呼吸、咳嗽和叹息。

主人突然在黑暗里发问：“鸦头，你知我的心思吗？”

鸦头没有吱声。她不想理他。她知道他为那个女人心苦，而她却在为他而心苦。这是多么荒谬的事情啊。他是她的主人和父亲，也是她的男人，她从身子到灵魂，都只属于他一人，但他对此却视而不见。他的那个物件，从未为她发硬。

主人说："你上来吧。"

鸦头顺从地爬了上去。

主人又说："你睡那头，我想抱着你的脚睡。"

鸦头又顺从地掉了一个头，把冰冷的脚丫子放进主人的怀里。

主人开始轻抚她的脚尖，仿佛在试探一种新的事物。他的手指像鹅毛那样轻轻掠过脚心，令她咯咯地笑了起来："痒死了，老爷……"

主人止住手指在脚心上的运动，继而转向脚面和脚跟，最后用力把它们抱在自己怀里，仿佛抱住一对即将飞走的鸳鸯，然后爱不释手地亲吻起来。

鸦头知道他在为那个得不到的女人而伤感。她默然轻抚他的双腿内侧，还有两腿间的那堆小而软的部件，闻着他独有的气味，心里也很悲苦。她知道自己只是一个代用品而已。她的脚临时替换了那个女人的脚，硕大，坚硬，上面还有一些茧皮，那是自幼在田野里赤脚行走的结果。她是一名粗使丫头，不值得这个男人喜爱。一想到这里，她心里反而觉得平静起来。她安于天命地轻叹一声，一松手，丢开那堆杂碎，迅速沉入了睡乡。

在梦里，鸦头回到南方的家乡，欢笑着扑进老奶奶的怀里。村民都来看她，仿佛在围观一件来自京师的上等礼物。父亲倚锄站在草屋前，一言不发，不安地侧耳倾听这意外的喧哗。他的眼睛已经失明，就像主人李大手一样。但他的双手没有那么纤细白嫩，它们结满厚茧，像牛皮那样坚硬。它们开始抚摸鸦头，仿佛在困难地辨认一件久违的事实。鸦头看见父亲的眼里流出血来。他说，你就要大祸临头了。鸦头立即从梦里吓醒了。她坐起身来，伸手去摸主人的眼窝，发现那里盛满了液体，便赶紧下床点灯，在弄清楚是眼泪而不是血水之后，才松了一口气，独自坐在床沿上发呆。

“我梦见了爹爹，他眼里流出来的都是血。”她说。

“那是一个凶兆，而且与我有关。”李大手声音忧郁地说，“血水从你父亲眼里流出，现在我就是你父亲。是的，我会大祸临头的。你要提前做好准备。”

鸦头恳求地说：“主人，我不要你出事。你不会出事的。”

李大手笑了，前额反射出微弱而神圣的光线：“一切都是命。你有你的命，我有我的命。我依命而行，又有什么过错呢？”

鸦头黯然无语。在她变得很老以后，她都能记得这宁静的夜晚。李大手再次召唤她躺下，开始抚弄她的乳房和下体，把她弄得无比兴奋。在他灵指的触摸下，她的身躯达到了第一次高潮。从此她才懂得，主人的手指可以替代所有的男性器官。它们所向披靡。

3

鸦头最不愿回想的，是她随主人入宫的那个日子。他应召入宫，替皇帝及其家眷相骨。这是李大手毕生的最高荣耀。鸦头为他精心梳妆，依照士人的风格穿戴，头戴幞头，巾顶上缩小呈尖圆头状，下垂的两角用铜丝支撑，看起来犹如一对微微颤动的硬翅。鸦头还给他缝制了一袭圆领白衫，腰间扎上深蓝色丝带，足登“万里堂”出品的皮履，俨然是一位入京赴考的举子。

皇宫位于金陵城的中心地带。他们乘坐差役驱使的马车入宫，又在宦者导引下，穿越迷宫般的道路。鸦头看见了高大灿烂的建筑群，被金黄色的琉璃瓦覆盖，仿佛置身于传说中的天庭。到处是琼花玉树，还有天兵和仙女，他们服饰华丽，佩环叮当，仿佛就在云彩里飘行。黄铜铸造的龙纹香炉，燃放出天竺香、爪哇香、苏合香和丁香的混合气味，令所有闻者都心醉神迷。

李大手在鸦头的搀扶下行走，用耳朵捕捉各种迎面扑来的声音。他在她耳边絮语，说他听见了士兵用铁矛锤击石板的金属声，宦者敲击鳄鱼皮鼓的咚咚声，朝臣们在走廊上碎步而行的步履声，侍女的长裙在地上拖行的窸窣声，妃子的钏钗和佩环彼此碰撞的声音，女官们窃窃私语的声音，以及从内廷传来的悠扬的歌声和器乐声，还有那些连她都能分辨出的乐器——琵琶、三弦、箜篌、角筝、胡笳、横笛、尺八、箫管和腰鼓，以及老鼠的细足在房梁上匆忙爬过的声音。

这些声音的盛宴，终止于宫门被打开的那个瞬间。上过油的门轴发出微弱的摩擦声，乐舞戛然而止。鸦头看见，梁栋和台阶上插满鲜花，窗户和墙壁上都是红罗朱纱，在大殿中央，一个水晶杯子被人放在桌案上。那个众多美女环绕的男人，说出了尖亢的话语。那是皇帝本人。他坐在龙椅上，举止优雅而颓唐，散发出中年贵妇般的温润气味。但在看见相骨师及其侍女之后，他的眼里射出短暂的光芒。

皇帝被允许摸的只是掌骨。他伸出手来，小而白皙，柔软得像一块细绒棉布。李大手惊叹地说，这是真命天子的手骨。他反复摸了很久，沉吟良久，然后小心地斟酌言辞道："皇上的命是大格局之命，非但能驾驭全天下女人，而且还有女贵人相助，实在是无双的艳福。还有，在食指和将指的骨节上，都有显著的凹缝，代表文采，可见圣上辞章秾丽，无与伦比，足以成为后世典范。只是在尾指的第一骨节上，有个很小的三角形指褶，代表一次厄难，因辞章而起，却跟饮食有关，恭请圣上千万当心龙体。"他费力地说完这些，额角上渗出了微汗。鸦头知道，他在竭力安慰这个即将大祸临头的皇帝。

皇帝没有动怒，反而呵呵一笑，掉头对身边的女人说："我的饮食，应该都在你的身上。昨晚我还拉了一回肚子，也许是那盘兴化荔枝闹的。这位先生，果然名不虚传。你不妨也来让他摸一摸，这女贵人的名分，怕是要落在你的身上了。"

年轻的皇妃周薇，紧挨皇帝坐着，面容秀丽，身躯丰盈，目不转睛地望着李大手，又仔细看了一眼鸦头，暗藏机锋地笑说："我不想给外面的男人碰，皇上还是让窅娘试试吧。我也想欣赏一下她的命格，看她究竟有怎样的福德，能赢得皇上的春心。"

众人的目光随即转向那个正在曼舞的大眼姑娘。她身穿紧身波斯短袄和开叉舞裙，细腰如蜂，大腿修长，玉腹上露出细圆的肚脐。一对脚足只有四寸光景，被软底绣花鞋仔细裹着，小巧得犹如幼童的肢端。在这流行肥润款式的时代，她的身姿和脚足都鹤立鸡群。

鸦头猜想她就是名闻天下的窅娘，王朝最杰出的舞娘，也是皇帝宠爱的妃子之一。她长着一张女娃似的小脸，表情天真，向李大手碎步走来，嬉笑地站到他跟前，一屁股坐在鹅黄色的交椅上："来吧，我没这个忌讳。你可以随便摸的。"她用明媚的大眼瞥了一下皇妃，说得意味深长。

李大手微微一笑："那好吧，若是娘娘愿意，我要从头摸起。"

窅娘把手放在李大手手里，好像在把命运慷慨地交给一个陌生访客。李大手握住她的手，先卡住虎口，以两指在她掌心仔细摸索一遍，若有所思；而后，又开始摸她的头颅和面颊，再自上而下地检索她的脊骨。每一轮试探，都耗费了大量时间。

皇帝早就不耐烦了，他把注意力转回到文艺和宴乐上去。对皇帝而言，算命就像喝一盏参汤，算过之后，杯盏就该被放下了。他轻轻击掌，下令众人继续奏乐和跳舞。几位满脸谄容的文臣也开始赋诗，彼此唱和，终止的语词游戏被重新启动。在皇帝低吟之后，周薇开始浅唱，嗓音沙哑而性感，皇帝亲自为她击筑，随着迟缓而空寂的节律，脸上露出了梦幻般的表情。

金雀钗，红粉面，花里暂时相见。知我意，感君怜，此情须问天。

香作穗，蜡成泪，还似两人心意。珊枕腻，锦衾寒，觉来更漏残。

鸦头不知道，这是皇帝昨夜新填的《更漏子·金雀钗》。在华丽的语辞中，他跟周薇互诉衷肠，仿佛在抱团取暖。宋人已经兵临城下，而皇帝仍然沉浸在韵律的迷梦之中。只有窅娘在静待这场冗长的相骨仪式。鸦头从未看过主人如此认真地摸过一个客人。他的手指如此敏锐而灵巧，在她身上轻触、爬行、跳跃和回旋，流连忘返。这种情形在摸足时刻变得更加严重。

窅娘褪下丝袜，解开紧紧缠绕的白绫，露出新月形状的脚足，纤小、细嫩、莹洁，有如白玉琢成，脚趾更是小得犹如珍珠，羞怯地躲在蚌肉里，上面点染着艳红的豆蔻汁。李大手看不见这些表层的事物，他的两指轻

窅娘褪下丝袜，解开紧紧缠绕的白绫，露出新月形状的脚足，纤小、细嫩、莹洁，有如白玉琢成，脚趾更是小得犹如珍珠，羞怯地躲在蚌肉里，上面点染着艳红的豆蔻汁。

——《相骨师》

轻掠过脚面，又转向足底，在那里缓慢爬行，仿佛蜗牛在蠢蠢欲动。良久之后，李大手突然怔住了，就像胸口被猛击了一掌，手指冻结在那淡红色的足底。过了良久，他才发出从未有过的赞叹："啊，啊，真好，真好……"他失态地低声叫了起来，鸦头万分紧张地看去，发现主人的下身已经湿了一片。

皇帝和皇妃还在吟唱诗词，没有人注意到这里发生的变故。只有窅娘看懂所发生的一切，她的脸顿时变得绯红，轻声说："谢谢先生。"然后提着袜子光脚离去，甚至没来得及听取相骨师的算命解说。她玲珑的小脚踩过厚厚的安息羊毛地毯，在上面留下浅碎的印迹。

离去的那双玉腿，仿佛两根鼓槌咚咚敲击着李大手的心脏，他双手颤抖，脸色苍白。李大手迟疑了半天，完全不知进退，良久之后，才抓住鸦头的胳膊低声说："我们走吧。"他站立不稳，仿佛即刻就会倒下。鸦头扶着他给皇帝磕头谢恩，然后逃也似地离开大殿，甚至忘了领取皇帝赏下的五百两黄金。一名黄袍宦者气喘吁吁地赶上来说，明天会把皇帝的赏金和题匾送达府上。李大手失魂落魄，一头倒在马车的轿厢里，已经不能言语。车夫张三一脸懵懂，不知发生了什么变故。

回到住处后的当天夜里，李大手发起了高烧，躺在床上辗转反侧，被各种幻象纠缠。叫窅娘的名号，说各种胡话。鸦头知道他中了那名宫中女子的邪，心里充满失落和无限的哀伤。

在主人病情好转后很久，她才被告知，那天，他遭遇到一种前所未有的骨骼，尤其是窅娘的月牙形脚骨，玲珑出奇，犹如千年美玉，乃是世上最完美的骨骼。主人痴迷地描述着那对脚足，仿佛它们此刻就在他怀里驻留。鸦头追问他湿胯之事，李大手承认，那是他平生唯一的雄起，随后便立刻丢了。正是在那个烈焰绽放的瞬间，他有了做人的感觉，但那不是一种简单的尊严，而是肉身和灵魂的双重狂欢。窅娘的纤足令他有重生之感，仿佛突然被推向世界的巅顶。李大手从怀里取出一只绣鞋。那是他从地上捡的，本属于窅娘，只有四寸之短，看起来如此玲珑剔透，带着窅娘脚足的淡香。李大手紧紧握住绣鞋，就像握住了生命中唯一的希望。

“那天我没来得及告诉她，她将因窒息而死。”李大手的眼神里一片迷茫。

鸦头听完主人的告白，心里充满了生气和失望。她对他的一片芳心，都被扔进了狗窝。这难道就是全身心伺候主子的回报吗？她本打算辞工离去，但一想到自己还没有被赎身，便只好断了这个可怜的念想。她决计报复这个盲眼的主人，让他品尝到失去可爱的鸦头的疼痛。她心怀叵测地走出屋去，看见车夫张三正在后院帮厨娘劈柴，被汗水打湿的肌肉在阳光下闪亮。她便咯咯地笑起来，娇声叫道："张三，你好大的气力！"

张三闻声看去，见鸦头正笑吟吟地望着他，眉眼含情，身子顿时有些发软，手里的斧子也跌在地上。他顿了一下，重新鼓起劲儿，再次捡起斧子，大喝一声，把它高高抡起，就像一个威风凛凛的大力金刚。

4

鸦头跟车夫张三私通的故事，已在李府传得沸沸扬扬。除了李大手本人，所有人都知晓了这场风流情事。他们的举止显然鼓舞了其他仆人。园丁李四也偷着跟厨娘私通，而婢女小米则跟隔壁王府家的杂役相好，甚至洗衣服的张妈，也跟负责采买的老仆刘昌眉来眼去。只有腰背佝偻的老门叟无人理睬，满含羡慕地目击着这些喜剧。李府里洋溢着放纵而欢愉的气氛。

冬季时节，白色的长虹从金陵城上空飞越，大白天里忽然天昏地暗。宋兵已经攻入京城，皇帝李煜也温顺地投降，全家都被掠去汴京，就像装走整整一车宠物。旧都金陵的大街上，到处悬挂着杂色的宋旗，乱兵在街巷里流窜，入室掠抢百姓的财物。仆人们被下令不准外出，大门紧闭，人们只能在府邸里偷情，借此打发百般无聊的时光。

李大手的相思病还没有痊愈，他终日躲在书房里，不知在想些什么。到了仲春四月，鸦头春心萌动，又气他为舞娘所迷，竟不肯守在他身边，时而溜出房门去，就着他的窗下跟车夫调情，嬉笑怒骂。但李大手对此置若罔闻，似乎根本没有听见。鸦头心下更加气恼，索性在夜间伺候主人上床之后，开门出去，到张三屋里跟他私会，做那见不得人的羞耻之事。她点上一炷香，以便计算时间。两人开始时还有些尴尬，随后便身手自如起来，叫声也越来越大，弄得整座府邸都不得安生，声音径直传到主人房里，在他床头绕了几圈，一直钻进了他的衾枕。

鸦头算计好时间，一边做好事，一边盯着案上，看一炷香行将熄灭，便赶紧收兵，一路小跑地回到房里，见李大手还在用衾被捂着自己的耳朵，便蹑手蹑脚地躺回那块踏板。这时，李大手在黑暗里开腔了：“你，你，你……”

鸦头舔了舔嘴唇，声音甜蜜地说："原来主人还没睡着呀。我刚才去撒尿了。"

"你，你，你好长的尿……"李大手还是气得说不出话来。

鸦头爬上大床，掀开他的被衾钻了进去："老爷，你吃醋啦？"她在他的耳边笑着耳语道，细软的发梢搔着瞎子的头脸。令他痒得不行。

"你怎么能跟车夫这种下人乱搞一气？"

"那鸦头该跟谁搞呢？主人又不要我。我身子发冷，只好找下人暖暖。"

李大手的手轻抚着鸦头的后背："你这小骚货，气死我了……"

鸦头被他的手一碰，整个身子便软瘫了，半晌都动弹不了。"这死瞎子，真是我的克星！"她在心里凄苦地叫道。

李大手语调迟缓地说："老爷我对不住你，但我会让你赎身，把你送给一户上等人家当填房，也算是你没有白跟我一场。可你你你怎能如此自轻自贱呢？"

鸦头说："小女子只想永远跟随老爷。小女子不想嫁人。小女子只因受了冷落，才故意要气你的。"说着说着，鸦头眼圈一红，低声啜泣起来。

李大手默然无语。他长叹一声，抚摸着女人的脸颊，仿佛在摸一件即将逝去的珍宝。很久以后，他才满含歉意地开腔说：“过些日子，我要去汴京办事，你也跟着一起去玩玩吧。”

鸦头先是一惊，随后便放声大哭：“说了半天，主人还是执迷不悟，放不下那个舞娘……”

5

夏季来临的时候，李大手接到一封来自汴京的信札，里面没有文字，只有七根很细的锡条。鸦头问：“这是什么玩意儿？”李大手笑道：“我等的就是这个。咱们上路的日子到了。”他叫上鸦头和张三，简单收拾了一下行囊，就登车出发了。

路上大约花费了半月光景。到达汴京后，李大手径直前去拜谒同乡柳太医，而鸦头和张三都在院外守候。两人躲进屋子私语良久，表情诡异。鸦头猜他们一定在盘算跟窅娘相关的什么坏事，心里无限气闷。

后来柳太医引他们到伊水边上，那里有一座临河的小院，带着三五间瓦房，墙后边还住着一对渔夫渔妇，此外没有其他邻舍。四周除了几株杨树，尽是高大茂密的芦苇。这是太医为他们租下的屋子。太医说：“这里清净，租金也低，你们可以多住些日子，三日之后，我来接你们进宫。”

三日后，便是七夕的大日子，北风吹散了大地上的暑气，天变得凉爽起来。柳太医在下午时分前来，要接李大手入宫，鸦头妒意大发，赌气不肯陪他。李大手只好自己摸索着去登马车，不小心被绊了一下，摔在地上，弄得遍身是泥。他低声嘟囔了一声：“唉，出师不利啊”。

鸦头一时心软，上前搀扶他上车，然后气鼓鼓地坐在他身边，一言不发，张望路边的风景，见士兵在每条路口盘查李氏王朝的残余分子，但因柳太医的马车悬挂着“御”字小幡，一路上无人敢拦。

新帝还来不及打造自己的帝宫，只能暂居后梁的旧殿，其规模和气度，都远逊于金陵城里的南唐宫室。鸦头一眼望去，宫廷景象晦暗，四周簇拥着百姓的破烂民居，就像陷落于灰堆里的山鸡。柳太医让李大手和鸦头假扮戏子，骗过戒备松懈的守卫，堂而皇之地溜进了宫里。

今夜将是一场盛大的帝王晚会，柳太医说，会有窅娘的舞蹈表演。李大手说，他只想用耳朵饱一下耳福。他对鸦头说，过了这个晚上，他将回到金陵，娶妻生子，过正常人的日子。鸦头喜上眉梢，眉角和齿缝里都流出了笑意，心想这女人非她莫属。但车夫张三很不开心，他独自溜到相国寺闲逛，被那些求神拜佛的美妇们弄得心猿意马。

柳太医说，太祖去逝，新帝即位，对李家王朝的女人情有独钟，他把李煜的爱妃周薇召进宫来，当众幸临她的玉体，并叫画师临摹那个花容失色的场面。不仅如此，为了观看宠妃窅娘跳舞，他还下令重新开挖莲池，直径扩展到五十丈，向下深达八尺，又派人从金陵唐宫拆下莲台，千里迢迢运到汴京。鸦头走过莲池时，果然看见池中央的奇幻莲台，直径八尺，坐落在青铜柱上，莲瓣以纯金打造，在黄昏的斜阳下熠熠生辉，那是南唐的最后一脉余韵。

黑夜很快就降临了，宫廷里升起辉煌的华灯，驱散白昼的黯淡之气，俨然换了一个天地。皇帝已经在百官簇拥下沿着莲池就座，他的杏黄色龙袍在人群里跳跃，像一团锐利的火焰。上千名绿衣宫女们手提马灯列队走出宫殿，绕小湖站成巨大的绿环。身穿朱红色礼服的乐师们也已经蠢动，编钟奏响，笙鼓齐鸣。众目睽睽之下，一名身穿白色轻纱的女子，被扁舟送上了池心的莲台。

那正是窅娘本人，她登上高高的金色台座，纱衣在风中飘动，看起来犹如天仙，就连鸦头都为之动容。她本能地回望一眼主人，他没有丝毫反应。还好他是瞎子，看不见那个女人的姿容。她心里暗自庆幸地想道。

窅娘随着乐曲翩然起舞，腰肢柔软，身姿轻盈，不足半尺的小足，在莲瓣上灵动，恰似一只彩蝶在凌波轻飞。从未有人见过如此优雅而性感的歌舞。池边的喝彩声此起彼伏。皇帝猛然从龙椅上站起，高声喝彩，眼里射出异样的光来。李大手听着乐曲飞扬，赞声起伏，脸上洋溢着梦幻般的表情。他对鸦头说："是的，我看见了，我看见了……"

在乐曲终结的时刻，窅娘终止了她的舞步。她安静地踞坐在自己的小腿上，根本无视新帝的存在，面朝南方默然合掌，祝祷良久，然后突然纵身一跃，跳进荷池，只闻得扑通一声，水花四溅，人已经杳无踪影。

人群顿时凌乱起来，发出一片惊呼。李大手脸色惨白，手杖都掉在地上。新帝勃然大怒，在宦者的簇拥下，拂袖而去。几条小船在湖上打转，忙着营救落水者。很快就有人发现了窅娘的踪迹。她被水淋淋地打捞起来，眼睛圆睁，却失去了生命迹象。柳太医让人抬入诊室，屏退左右，开始关门施救。一个时辰之后，他派一个守门宦官去向皇帝报告，说窅娘已经不治身亡。

柳太医见四下无人，把在树丛里焦急等候的李大手和鸦头都叫进屋子，表情诡秘地说：“这女子没有死亡，我已把她救回，又用丹药封了她的脉息。”他把一个细竹筒交给李大手，“这是还魂散，一个时辰之内，用此散吹入鼻窍，便可救她醒转。”

三人将窅娘用席子裹好，抬上小板车，沿着小道从小门出宫。守门的老兵翻开席子仔细察看，果然是一具没有气息的尸体，姿容美丽，眼神空洞。老兵怜香惜玉，跟太医扼腕叹息了半天。李大手和鸦头乘机把尸体搬上柳太医的马车，驶入灯火阑珊的大街。鸦头回首遥看，小侧门已被悄然关闭，心里涌起了一片疑惑：莫非主人在骗我？莫非这是一场事先安排的阴谋？她又去看李大手，他的脸上也是一片茫然。

到了河边独院，鸦头揭开草席，把柔软的“尸体”背进屋子，车夫张三目瞪口呆地看着，也不敢发问。李大手摸索着打开竹管的上口，又拧下另一端铜嘴上的小帽，对准窅娘的鼻孔鼓气一吹，窅娘没有反应。李大手又做了一遍，还是没有动静。吹第三遍时，李大手的声音变得有些惶恐：“她会不会已经死掉？她要死了，我也会死的。”

鸦头狠狠白了主人一眼：“就看主人的运气了。”

他们又等了片刻，窅娘的鼻翼动了一下，随即眼皮也翕动起来，很快，她开始大口喘息，并艰难地睁开眼睛，望着这两个似曾相识的男女，听见水流、风声和芦苇晃动的声响，惊惶地问道：“我为什么会在这里？”

鸦头答道：“你刚才已经死了，是我的主人救活了你。”

李大手听见窅娘醒来，欣喜若狂。他握住窅娘的小手，简单讲述了方才发生的事情。窅娘的眼泪顿时流了下来：“谢谢先生与小姐的救命之恩。”她想起身磕头行礼，却被李大手阻止。他说：“宫里上下都以为你死了，不会有人追究你的下落，不妨在此将息几日，再商议未来的前程。为防止官军搜查，你先屈尊假扮我的女儿。我已想好一个名字，就叫李媚娘吧。”

窅娘凄然一笑：“我母亲的名字，便叫媚娘。”

李大手罕有地笑了起来：“缘分，缘分。”脸上露出近乎呆傻的表情。

鸦头狠狠拧了他胳臂上的肉。李大手龇了龇牙，没敢继续做声。

6

太阳已经高高升起，而窅娘一直在屋里昏睡，头发散乱，面色苍白。李大手找来一把交椅，坐在屋外静候，窅娘每一个翻身动作，都会令他受到扰动，禁不住抬臀向屋里张望，做出随时回应的准备。鸦头看得心烦，便拉着张三出门逛街去了。张三说：“主人已经疯了，这是犯上和砍头的勾当。”

鸦头反唇相讥：“你怕啦？你怕就滚蛋，赵光义犯的是谋反罪，他才应该被砍头。”张三见鸦头心烦，便不再吱声。

他俩驱车沿着伊水慢行过去，看遍两岸的山水，途中还遇到哭丧师引领的出殡队伍。他们站着看了一会儿热闹，又接着走到龙门山一带，望见满坡都是大大小小的石窟，里面刻着许多佛像，还有一些碑刻和题记。鸦头心下突然生出一种莫名的感动，下车登山，沿着小道先进奉先寺，拜过卢舍那大佛，然后看遍附近的所有洞窟，而且逐一焚香祝祷。

张三在山下等候，跟卖香的村姑闲扯，在人家身上动手动脚，倒也没感到寂寞，直到日头偏西。他举头眺望，山上的游客已经走空，心里有些发毛，便沿着洞窟走了一遍，每个洞里都去张望一下，也没见到鸦头的踪迹，只好怏怏地独自驾车回去。才走进院子，就感觉气氛有些诡异。鸦头站在院子里发呆，而从李大手屋里传出了他的哭声。

“你怎么独自回了？屋里头出了啥事？”张三满脸疑惑。

鸦头脸色发青，没有理睬他的发问，转身跑进李大手的屋子，张三迟疑了一下，也随之追了进去。

李大手在伏尸恸哭，哭得像一个三岁的小孩，眼泪和鼻涕挂满整个脸颊，表情显得如此无助而绝望；鸦头心如刀绞，呜咽着上前抱住李大手；张三上前一步想要从李大手身边拉开鸦头，屋里顿时形成一个悲伤的链条。斜射的夕阳透过格扇追进屋子，在众人身上勾出金色的轮廓。所有人都能感到窅娘亡灵的存在，她依次掠过每个人的后颈，吹起他们的毛发。

李大手哭得非常专注，很久以后才发现身后还有两人，于是把他们赶出屋子。鸦头从窗户纸的窟窿里望去，借助朦胧的光线，看见李大手脱光窅娘的衣服，正在专心致志地抚摸她的遗体，从头到脚，又从脚到头，反复来回多次。鸦头实在看不下去，怒气冲天地敲门，反复地叫着主人的名字：“李大手，你给我出来，你听见了没有？”

李大手根本没有听见鸦头的抗议，他的全部心意，都在窅娘的头发、肌肤和骨骼上，被那种非凡的触感、质感和结构震撼。这是何等伟大的杰作，它是世上所有人体的总和，是女人的最高代表，是人间肉身最完美的表达！

李大手事后对鸦头信誓旦旦地说："我在媚娘身上第一次看见了亮光。"鸦头以为他在发痴，但她细察李大手的眼睛时，却看到两点微光，犹如深藏在魂魄的灯火，被窅娘激发，闪烁在深邃而空无的瞳仁里。鸦头知道，媚娘已经入了李大手的心的最深处，再也无法阻止。

鸦头饭后在厨房里洗碗，张三磨蹭着不肯走开，坚持要鸦头解答他的疑问："你为啥突然离去？害得我山上山下找得好苦。"

鸦头一边洗碗，一边辩解说："我烧完香下去，见你正忙着在跟村姑调情，就搭了别家香客的车回了。"

张三尴尬地笑了笑，又转口道："那窅娘又是如何死的？"

鸦头先是不肯说，拗不过张三的再三纠缠，就停下手来，压低了嗓门告诉他，李大手乘窅娘熟睡之际，突然起了歹意，想跟她做那好事，却遭到窅娘的奋力反抗。她大声呼救，李大手怕被邻居听见，用手堵住她的口鼻，企图阻止她发声，窅娘闭气良久，终于第二度死去。鸦头说，她回来的时候，刚好看见李大手拿起吹管，把残余的药粉尽悉吹入她的鼻孔，好像在努力召回她的灵魂。

张三露出了恍然大悟的表情："原来主人是杀人要犯！"

鸦头啐了他一口："呸，不许在外面瞎说，主人只是一时失手而已。"

7

柳太医第二日前来拜访，对窅娘之死深感意外。李大手解释说："是我一时疏忽，跟你的医术无关。这样也好，你不必再担着作奸犯科的罪名。我只求你一件事。我想去掉她的皮囊，只留下这副骨骼，不知你有没有办法？"

柳太医沉吟半晌说："这种活儿，恐怕只有天竺术士会做。他们的同伴一旦死去，便会将尸身制成骷髅，装入木箱，让商队运回西域。我可以出面找人，替你了此心愿。"李大手紧握着太医枯槁的双手，眼里含着感激的泪水。

柳太医带走了窅娘的尸体。

一个月后，他再次出现在他们的住所，让仆人把一口木箱抬进院子，箱子外部被涂上一层桐油，却散发出浓郁的樟木香味。他说："一切都妥了。你还是尽早回去吧。这里并非久留之地。我不愿伺候新帝，想辞去御医的职务，回家养老，顺便也替你寻一处风水合适的宅地。"

李大手顿首再拜。

柳太医又说："金陵传来消息说，就在七夕那夜，因对后主以诗词恋旧有所不满，今上强赐牵机药，当夜，后主便中毒身亡。一个辉煌的王朝，终于走到了它的末日。"说完长吁一声，眼中有泪光闪烁。

李大手仿佛被重击了一下，沉默良久，然后缓缓开腔说："看来这骨相之法，实在太过可恶。我真想跟你一样，金盆洗手，不再算计人的命运。"

李大手叫鸦头取来二百两银子："这是一点薄酬……"

柳太医打断了他的话头："此次一别，恐怕再难相见，若先生不介意，我想求你的手印作为纪念，银子之类的浊物，我看还是免了罢。"

李大手倒也不坚持，哈哈一笑，叫鸦头取来宣纸信笺和朱砂印泥，仔细做好了两页掌印，装入信封，郑重地交到太医手里。两人站在院门口，彼此再三对拜，都是热泪盈眶，仿佛在生离死别。柳太医登车离去，而李大手在门边拄杖良久，竖着耳朵谛听，直到车轮的声息完全消失为止。鸦头看得醉了，心想，男人之间的情意，真是不可理喻。

李大手没有动手打开箱子，他只是绕它转了几圈，咽了咽口水，满脸敬意的样子，仿佛在面对一件无比棘手的珍宝。他吩咐鸦头和张三收拾行囊，明天就启程回去。鸦头想起主人当初的承诺，相信这场噩梦终于要结束了，她将正式爬上主人的大床，成为他最贴心的女人。她的脸上再次现出甜蜜的笑意。

藏有窅娘骨头的箱笼，被放在马车上，覆上一层厚厚的棉褥，李大手跟窅娘一起坐在上面，让它权当了一回遮人耳目的椅子。这秘密除了鸦头和张三，无人知晓。长达十几日的跋涉中，鸦头紧挨主人坐着，半个身子都靠在他身上。车身摇晃，李大手的手时而碰到鸦头的大腿，而她就像被闪电击中，脸腮变得绯红，幽幽地叹道："老爷呀，你真是我的克星！"李大手没有应答，垂目静坐，仿佛入定了一般。

8

回到李府时，鸦头意外地发现，那些仆人都已离去，剩下驼背的老门叟，正在独自清扫庭院里的落叶。因无法在战乱中逃跑，他只能跟李府共存亡了。李大手挥挥手说：“走就走吧，清净点也好。”他吩咐张三把箱子放进卧房，然后走进书斋，在案边坐下来，对跟着进来的鸦头正色说：“从今往后，你可以跟张三睡，我这里暂且不需你伺候了。”

鸦头神色慌乱起来，哭着求道：“主人啊，你的承诺哪里去了？”

李大手说：“事情已经起了变化。我碰过那个女人，她便成了我的妻子，她是我的心、我的肝、我的三魂、我的七魄，我一切的一切。从今往后，她必须跟我住在一起。”

鸦头猛然跪在地上，使劲摇头，说不出话来，只是放声恸哭，泪水飞溅到书案上，打湿了落满灰尘的《李义山集》。李大手面无表情地坐着，摆出一副视死如归的姿态。

鸦头见主人不为所动，便出屋去找张三哭诉。张三见鸦头突然被主人遗弃，满脸欢喜，好言安抚了良久，力劝鸦头把卧具搬到自己房里。鸦头走投无路，心中燃起万丈怒火。她把卧具移到主人卧房隔壁的小屋，在那里支起床板，打开被褥，又用剪子在板壁上钻出一个方便窥探的小孔，恨恨地自语说：“我要看着你跟骨头美人成亲，我要诅咒你的幸福，我还要诅咒你那相骨无数的双手！”

李大手对鸦头的诅咒置若罔闻。他打开木箱，伸手去摸，却被天竺工匠的技艺震惊。原以为那是一堆不可收拾的碎片，却没料到，每一块骨头都如此皎洁，仿佛用白玉琢成，再以金银丝精细缝缀，结构精密，关节灵巧，是一副完美无缺的骸骨，仿佛生命犹在，散发出难以言喻的温润光辉。李大手把它小心地摆放在床第内则，而自己则躺卧在它的外侧。鸦头透过窥孔望去，看见窅娘就这么露骨地躺着，在逐渐黯淡下去的暮光里，坦荡、无耻、放肆，毫无遮掩地占有她的世界。在细小窥孔的这一边，她的愤怒和悲伤喷涌而出。

自从娶了骸骨美人，李大手很少下床，他把大部分时间都花在抚摸她的小脚上。他拉上布帘，令屋子幽暗得像一座盲人的圣殿。他听着骨关节碰撞的声音，摸着窅娘的脚骨，被那奇异的拱形结构弄得神魂颠倒。哦，这可爱的小脚，像细小的拱桥，又像一道秘密的白虹，亭亭玉立地站在掌上，从他的指尖跨向手腕，又从手腕跨向心尖，有力地握住了他的灵魂，创造出一个不可告人的神迹。鸦头躲在隔壁，紧贴着墙洞窥视和倾听，不思茶饭，骨瘦如柴，就像一件被挂在墙上的锦袍。他们在各自的房间里演出隐秘的戏剧，而张三在寂静的院落里旁观，魂不守舍。

9

这场四人的演剧一直持续到了冬季。漫天的大雪降临了，庭院、屋顶和树冠都变得洁白，仿佛世间每个灵魂都得到了洗白。张三和老门叟开始忙碌着给每个屋子生火。李大手坚持跟骸骨美人过婚后生活，虽然瘦了许多，但精神尚好，已经开始在白昼正常进食。鸦头把窥视时间移到夜间，而在白天恢复了对李大手的伺候，烧饭做菜，收拾床铺，只是拒绝触碰那具被称为“李媚娘”的骷髅。对她而言，那是一个凶恶的妖怪，用魔法操控了主人的魂魄。

自从上次鸦头主动投怀送抱之后，张三再也没有得到这个小女人的恩宠。这使他非常郁闷。鸦头在灶间生火，炉膛里的火焰，映照出她红彤彤的脸庞，在这温暖如春的时分，她鲜亮的笑靥点燃了张三的欲念。他推门进屋，从后面用力抱住鸦头，想要做那好事，不料鸦头一把推开他，转身逃回自己的屋子。张三在后面紧追不放，撞开房门，把她按在墙上，扒下她的裤头，想要实施强暴。鸦头一边尖声叫喊，一边用拳头捶打墙板，向主人求救。

张三突然看见壁洞里有亮光射出，他在百忙之中，还是好奇地向里张望了一下，突然间呆住了，怔怔地盯着洞的那头，仿佛看见了什么令人惊骇的事物，浑身颤抖，雄起的物件迅速软瘫下去。鸦头随即感到自己身上湿了，传来一股尿液的骚味——那是张三失禁的结果。他发出一声鬼怪般的嚎叫，丢下鸦头，扭头朝屋外逃去，转眼间消失得无影无踪。

李大手好像听见了鸦头的呼救，他拄着手杖走进隔壁屋子，神色阴郁地望着衣衫不整的鸦头，虽然什么都没看见，却比任何人都更洞察事情的原委。老门叟也闻声赶来，上前把鸦头拉起，帮她整好衣裳。鸦头脸色苍白，气得说不出话来。

李大手毫无表情地问老门叟："张三人呢？你去把他找来。"老门叟在大宅里转了一圈，回来说张三已经打铺盖走了。

李大手拉着鸦头冰冷的小手说："我对不住你。你还年轻，这么在我身边耗着，也不是一个办法。我得给你一个看得见的好前程。"

鸦头甩开了主人的手，淡淡地说："我的前程，我自己会打理的。"她重新走回厨房，重新开始点火烧水。

李大手在院子里怔怔地站了一会儿，叹了口气，也跟着到了厨房，找一张板凳坐下，默默地对着火光处凝视。鸦头回头一看，心里生出很深的怜惜来，笑着说："坏人终于走了，我想给你做点好吃的。好久没有吃顿像样的饭菜了，都怪我……"

李大手也笑了，脸上洋溢着罕有的温情："不怪你的，都是我的不是。我有些痴迷，忘了你的感受。"

鸦头心情愉快地做了几个小菜，在案头上摆放好了，又温了一壶米酒，给李大手斟上。老门叟见两人和解，自己找个理由溜了，没来掺和这事。鸦头难得跟主人同席对饮，被这盲人身上的光辉照亮，心里的喜悦从眼里溢出来，滴进了手中的酒盏："我喝你的酒，你喝我的酒，在我们乡下，这个叫交杯酒。"

喝过几盏之后，李大手说："我此生算命无数，却很少给自己算命。我之所以没有兑现娶你的诺言，是因为我不敢冒险。你命中与我无缘。我若娶你，你必因我而遭遇大祸。"

鸦头摇摇头："你骗人，你是骗人的小狗，我才不信你的鬼话。"

李大手说："我是命在旦夕之人，阎王随时会敲我的房门。我不想牵累你。你还很小，前途远大。你会嫁一个官宦人家，生五个孩子，毕生有用不完的福德。"

鸦头还是摇头："你在骗人，你心里只有窅娘，没有鸦头。"

李大手又说："我料你不信，但这些事情，很快就会应验。不多说了，今夜的酒，就算是我对小鸦头的酬谢。"

他从怀里掏出一封书信，递到鸦头手里："我担心你离开我之后，生计会出问题。你可以按上面的地址去找这位幻术师，他会给你指一条谋生之路的。这里面还有一份赎身文书，上面有我的指印和印鉴，你也好好藏起，日后会有大用场的。"

鸦头满脸疑惑地收起书信，觉得事情变得有些蹊跷。

李大手脸上露出了罕有的温存："你以为张三会轻易离开？他此刻必定已经去衙门击鼓告密了。这便是我的定数。三年前，我就知道此劫难逃。我不愿娶你，便是为了这个缘故。"

鸦头哭了起来："主人你瞎说，张三虽然好色，却是不会干那种脏事的。"

李大手笑了："傻丫头，不说这些了。我们还是喝酒吧。时间不多了，我想再摸一下你的小手。"

鸦头顺从地把手放在李大手的手上。李大手握住它们时，鸦头再次感到脊背上起了鸡皮疙瘩。这是一双怎样的魔手啊，光洁而又柔软，细腻得几乎看不见一个毛孔，也没有一根皱纹，犹如白瓷一般，只要他轻轻一碰，她就周身软瘫，身体一直往下坠去，眼看要落入无底的深渊。李大手一把搂住她的腰肢，而她已陷入半昏迷状态。她的脑袋失控地向后仰去，微睁眼睛，瞳孔放大，讷讷地说："主人，你可要抱紧我，不然……我会摔坏的。"

她希望这搂抱会永远持续下去，但李大手把她轻轻放回到席上。他们开始继续喝酒，醉意渐浓之后，便开始猜拳，说些莫名其妙的胡话，彼此都倍感亲切。自从李大手买回鸦头以来，他们还从未如此放松地彼此相对，仿佛已经不是主仆，而是一对相伴终生的父女。鸦头偎依在主人的怀里，衣襟半开，露出了粉色的肚兜。

10

直到很久以后鸦头才知道，车夫张三在出门之后，并没有去找客栈投宿，而是径直敲击郡府门前的大鼓，喊着说主人把他给害了。崔刺史被门吏从睡梦中叫醒，听说是李大手跟骷髅鬼同枕共眠，把一名车夫吓成了阳痿，心下便觉得十分好笑。

崔刺史全家都曾找李大手相骨，跟这位算命大师渊源颇深，于是他想重罚这个不知轻重的刁民，不料张三说出一些难以编造的细节，诸如骷髅为窅娘所变，而窅娘是李大手从汴京皇宫中运回的。故事虽然荒诞不经，却有偷来的窅娘绣鞋为证。那只小鞋看起来如此玲珑，跟坊间的传说丝丝入扣，崔刺史不由得疑信参半。为防止事态扩大，殃及自己的仕途，他决定先下文捕人，弄明情况再说。

一队捕快身穿蓝色皂吏服，腰间系着黑色皮带和白铁弯刀，睡眼惺忪地跑出官府的大门，步伐杂乱，在午夜时分把李府团团围住。他们点燃火把，将府邸四周照得通明。为首的用力拍打大门上的黄铜辅首，有礼貌地向院里喊话，要李大手到府衙走一趟，接受刺史大人的聆讯。

李大手听见喧闹声，情知是被小人告发了，不由得放下酒盏，微微一笑："小鸦头呀，你看，敲门的来了，一切都在应验之中，你若还不信，你就真是小狗了。"

他领着鸦头返回卧房，从箱笼里取出剩下的一百两银子，打成一个包袱，交在鸦头手里，叫她从后院的偏门逃走。鸦头死活不肯，李大手又叫来老门叟，命他带着鸦头一起逃走，千万不要回头，但鸦头还是死活不从。

李大手突然脸色一变："你我都罪孽深重，你日后得闲，再去寺院里走走，把你没有拜完的佛像，也替我拜上一拜。"

鸦头心中一凛，听出了主人的言外之意，脸色突然变得惨白，再也不敢言语。

李大手返身关门，并用力插上门栓。鸦头如梦初醒，返身捶打门板，而李大手坚决不开。屋里很快就亮出火光，发出刺鼻的焦煳味。鸦头从窗户望进去，看见李大手用油壶给自己和骷髅美人淋上灯油，然后抱着她在火焰中舞蹈。他的身姿出乎意料地优雅，步伐娴熟，就像一名以舞为生的优伶。他一边诡异地大笑，一边亲吻头骨上那光洁明媚的牙齿。

在橙红色火焰的激励下，骸骨突然活了起来，它跟李大手在火焰里对舞，身姿优美，跟七夕那天在莲台上一模一样。它的臂骨搂住李大手的脖子，牙齿咬住他的舌头，身上的关节彼此碰撞，发出清脆的响声，就像喑哑的风铃。火焰迅速蔓延，在床帏、房梁和橱柜间熊熊燃烧。鸦头看见的最后一幕是，火舌温存地舔着他们的全部身躯，就像一次热烈的亲吻。李大手和窅娘之骸紧紧地拥抱，仿佛是在做最后的诀别，而那些骨头在一寸寸地断裂和崩塌……

鸦头恐怖得大哭起来。她被老门叟强行拉开，踉跄着逃离主人自杀的现场。跑出很远之后，她还能隐约看见冲天的火光，听见官兵们在忙乱地叫喊，救火的水车正打着铃铛从远处赶来。最后，这些喧嚣在寒气凛冽的夜空里消失了，只剩下自己的脚步声和心跳声。她知道，主人已经跟骷髅妻子同归于尽，而在骨头之爱的命运书里，这或许是唯一和最好的结局。

黎明时分，鸦头重返大火燃尽的现场，在废墟里四处翻找，意外发现了主人的骸骨。他全身都被烧成黑色的炭灰，只有那双手完好无损，静静地躺卧在灰堆里，洁白无尘，光芒四射。鸦头小心翼翼地拿起它们，仔细拂去上面的骨灰，用帕子仔细包好，藏进自己的衣襟。它们依旧带着火焰的余温，在走动中轻抚她的前胸，像是一种秘密的劝慰。她用力抹干眼泪，惦着主人生前的告诫，走过广济桥，朝城外的华严寺走去。河面上木船如织，那是商贾和踏青者的市井世界。

大字造师

昔者苍颉作书，而天雨粟，鬼夜哭。

——《淮南子·本经训》

汉代高诱注：「苍颉始视鸟迹之文造书契，则诈伪萌生；诈伪萌生，则去本趋末，弃耕作之业，而务锥刀之利。天知其将饿，故为雨粟；鬼恐为书文所劾，故夜哭也。鬼或作兔，兔恐见取豪作笔，害及其躯，故夜哭。」

1

暗黑系文字的头号走私犯九黄，在羌人地盘上建起了自己的弹丸小国——胛，以牛胛骨命名，又名胛羌，它只有方圆二百里地左右，中心是一座叫做“胛”的城池，由三千多名贩卖黑字的走私犯构成，四周是拱卫它的山野、河谷、田土和数千个农夫家庭。当年的头号字枭，终于实现了自己的称王之梦。这是一个梳着九十九根辫子的古怪男人，脸上有道可怕的刀疤，走路一瘸一拐，脸上永远带着苦大仇深的表情，身边还有九个貌若天仙的妻妾。而现在，他的脸上漾起了称王称霸的笑容。

复兴青丘国并灭掉歧舌国之后，大字造师仓颉允许那些曾经支助过他的野心家们，去打造和经营自己的小国。除了九黄建造的小国“胛羌”，四周还有虞、夏、仍、穷、扈、缗、鬲、莘和鬼方等。它们珠子般散落于中原大地，构筑了仓颉时代的政治版图。

仓颉昔日的女弟子、暗黑系字造师沮诵，听到九黄东山再起的消息，就化装成一个肮脏的乞丐，一路要饭来到胛国，打算重新投奔旧情人的怀抱。这天，九黄正骑着毛驴从街市走过，沮诵突然上前拦住了国王的队伍。九黄正要开口大骂，忽然从披麻布的女人身上，嗅到了一种熟悉的芳香。他大笑三声，从驴背上翻身跃下："你这臭娘儿们，让我想得好苦！"

沮诵掀起破麻布盖头，露出美艳如花的面容："小女子给父王请安。"

九黄抚摸着她柔滑的脸蛋："我以为你死掉了。可你居然不死，而且还变得愈发美丽。你究竟是人还是妖精？"

沮诵直视九黄，眼里满含哀怨："都怪父王，把我忘得一干二净，让我沦为一名乞丐。"

九黄冷笑道："当年我没有负你，是你跟虎仲苟且，引发一场大战。现在虎仲已死，你失去靠山，只能回来找我。你说我是该惩罚你呢，还是该放你一马？"

沮诵微笑不语。侍卫们迅速围拢，裹挟着她进了王府。

九黄猛然掀掉麻布，反复端详半裸的天才字造师沮诵，心里的怒气已经散了大半："好吧，念我们曾经恩爱一场，我就放你一马。但你若是再次背叛我，我就要取你的小命。"

沮诵妩媚地一笑："像父王这样的心肠，哪里会对我这样的落魄女儿下手？”

九黄坐在铺着高山雪豹皮毛的王座上，又仔细打量了一番沮诵，突然大叫一声，跃下宝座，把沮诵压在身下，要行那好事。沮诵半推半就。九黄冲着侍卫们大叫一声：“转过身去，不许回头！”然后剥掉沮诵身上的最后一点衣物，很暴烈地干了起来。事毕之后，九黄用豹皮潦草地擦了一下身子，大声宣布说：“从今天起，这个女人就是我的妃子，你们要像服从我那样听从她的命令。”侍卫们这才转过身来，看见女子裸着白皙饱满的身子，脸上露出女神般的胜利表情。

沮诵就这样成了国王的第十个嫔妃。她从容地穿好衣服，声音无限平静：“父王，我要继续用牛胛骨造字，我要五千头水牛，一万片胛骨。”九黄爽快地答应了她的请求。他知道，这女人会给他带来新一轮的财富。战争结束之后，暗黑文字非但没有被取缔，反而因人们的渴求而变得更炙手可热，每个新创文字的黑市价格，已经高达十两白银，活态的新字更是卖出了天价。沮诵的出现，刚好填补了胛国字造手工业的空白。

但王妃只是在启动自己的复仇计划而已。她不仅要安抚干爹九黄的征服欲望，还要继续研制暗黑系文字，并启动用秘术去谋杀她的挚爱——仓颉。既然她得不到那个男人，她就要彻底毁灭他。更要紧的是，她要借助他的死亡，去打击那个万恶的仇敌——妙。那个无耻的女人，不仅占有本属于她的男人，而且还在向全世界炫耀自己的战利品。她为此痛彻心扉。

这秘术来自遥远的南方，由一位朱雀神的祭司传授。他告诉她，每夜在月光之下，把仇人的名字刻写在牛胛骨上，然后击碎这片胛骨，这样过了一千日之后，对方就会周身骨头粉碎而死。

沮诵坚信这种巫术会创造奇迹。每天深更半夜，她都会起身爬上屋后的山坡，面朝月亮，眼望青丘国，用意念觉察仓颉的存在，甚至觉察他的表情、言语和呼吸，然后手持铜刃，满怀仇恨地刻写“颉”字，把仇恨的意志注入字里，又举起铜锤，满怀仇恨地将其击碎，然后把破碎的文字扔下黑暗的山谷。那里是大面积的牧牛场和屠牛场。牛群在不安地谛听，发出低低的哀鸣，仿佛已经预知了自己被屠宰的命运。

2

仓颉大帝努力推进他的农耕技术。他从西域引进小麦、大麦和燕麦，又借助“犁”字发明了金属犁具，让黄牛来加以牵引，借此改造农夫的田头作业方式。他的尹相昆吾发现了铜矿，征用西域铜匠来铸造仓颉发明的铜器，并开展国际贸易，迅速成为最富有的国家。昆吾响应仓帝的号召，热衷于把龟版文字直接熔铸到铜器上。他说，唯其如此，文字才能成为不朽的事物，跟诸神同在。

虽然有奚仲、后稷、岐伯和狐正这些官员，但妙是青丘国的垂帘女王，精心辅佐着她的大字造师夫君，不敢有丝毫的懈怠。她对麦子和青铜毫无兴趣，一直追随夏鲧学习营造术，终于成了一名土木工程师。夏鲧死后，她在世界各地征召了一千名瓦匠，用黄釉陶砖建造起仓颉神庙，又用青铜浇筑了一座仓颉的神像，此像高达十五丈，几乎成为青丘城最伟岸的建筑物。

她还设计了高大的城墙，并且亲自监督它的营造。它由三十万块青砖垒砌而成，高达十丈，绵延长达二十里地，外面还有护城河环绕，加上吊桥和铜皮硬木大门，令青丘城成为一座固若金汤的铜城。

全世界都在传颂这个中原国家的富有和荣耀，朝拜它的僧侣、学士和游客络绎不绝。商人们指望能从这里获取传说中的“五金”——金、银、铜、铁、锡，当然还包括银白加淡蓝色的锌石。哲学家赶紧修订他们的四元素法则，保留原先的“地”“水”“火”三元素，然后用庄稼和金属置换了“空”，分别叫做“木”和“金”，由此形成五元素的世界架构。一场前所未有的哲学大会在青丘国举行，各地的祭司哲学家都赶来赴会，他们发表的联合声明宣称，世界正在被意念和文字大规模地发明出来，而哲学必须追赶这个伟大的时代。

哲学大会刺激了青丘国的民众，大家都以为盛世已经降临，就连妙都对此深信不疑。她对仓帝说：“看哪我的颉，我们创造了一个全新的世界。”正在沉思的颉，感到骨头酸痛，浑身无力。他勉强抬起头来，露出附和的微笑：“妙呀，你的筑造术，超出了我的字造术。”

妙露出了痴迷的眼神，她抚摸着颉青筋暴露的手背：“等我们老去的时候，不知这世界会变成什么样子。我真想现在就看见它的模样。”

贩卖谷物的商人从胛羌那里过来，说是在街头看见了沮诵，她已经成为国王九黄的王妃。妙为此怒不可遏。一想到当年在岐舌国被囚和受辱的情景，她的心头就燃起复仇的火焰。她跟仓帝商议之后，派出三名使节前往胛国，要求九黄交出罪恶滔天的沮诵，但遭到九黄的拒绝。他砍下两名使节的头颅，然后让第三名使节带着头颃滚回了青丘国。

妙和仓帝这回更加生气了，他们派出一支五千人的步兵军团前去征讨，由狐正和毛简带队，再次要求胛国交出那个女人以及所有刻有恶字的牛胛骨。九黄坚决不允，他把一千名羌兵全部派到边境，借助险峻的山势和狭窄的隘口，成功堵住了青丘人的前途。妙的士兵们攻打一百多天，死伤六百多名将士，依旧无法突破对方的防线，就连主帅狐正和副帅毛简都被对方俘获，最后只好鸣金收兵。

面对那些折戟而归、表情颓丧的士兵，妙第一次感到了权力意志的挫败。当天晚上，她回到家里，从夹墙里取出那只存放原字的铜箱，找到了“龙”字和“魔”的原字。为了战胜沮诵，她想启用这些超级大字。她轻轻抚摸着闪烁着微光的龟版，抚摸着仓颉刻写的每一个笔画，能够感到它们的灵魂在指间颤动，仿佛随时都会苏醒，飞升在苍穹之上。她犹豫再三，不知是否该做出这个重大的抉择。

也许只有妙这样的女人，才能理解字造背后的真正魔法。意念所创造的事物分为两种，生命体会随着意念主体的死亡而消失，还原为飘荡在空中的意念，寻找新的灵魂载体。非生命体则是不会消失，只能损坏、瓦解和粉碎。文字的意义就是能够固化意念。尽管意念的主体会悄然死去，但只要这意念曾被书写，就不会消失，而是被岁月接纳，汇入时间的暗流。

妙听见颉回家了。他周身的骨头疼痛难忍，拄着龙首权杖，费劲地走进堂屋和前庭，四下喊着妙的名字。她只好放回龟版，关上箱子。颉在走廊的尽头等她，仿佛彼此已有多日未见。他拉着妙的玉手说："妙啊，我知道你在想什么。你没有做，这很好。你没有辜负我对你的期望。"

妙眼里含着无限委屈的眼泪："颉呀，我不能放过那世界上最坏的女人。放过她，我们的世界就会塌陷下去。"

仓颉眼神变得愈发温柔："攻战无效，我们可以采用防御之术。我们有铜墙铁壁，我们不怕他们的进攻。"

妙摇摇头，长叹一声："唉，我们早晚会被这个女人害死。"

九黄击退了青丘国的进攻，正在踌躇满志之中。他征召乡下的农夫们入伍，想要组建起一支更庞大的军队。他亲自到各个村庄说服耆老们，让他们提供壮丁和钱财。他的野心变得日益雄伟起来。他还在十个嫔妃之间穿梭，跟她们轮流造爱，贪婪地享受着生命暮年的福利，但因年事已高，他悲哀地发现，自己的战力正在与日俱退。

沮诵也发现自己丧失了字造的能力。她用意念创造的新字，毫无生气，不能充当事物生长、复制和变形的原型。她把这种状况归咎于内在能量的匮乏。自从战争开始之后，她就变得颓废起来。除了对颉的刻骨仇恨，她还需要某种能够点燃她意志的强大动力。

这天，她正在浴室里无聊地抚摸自己的身体，嘲笑它的无用和冗余，侍卫来报告战争胜利的消息，说是青丘国的大将狐正和副将毛简被俘。她心里突然涌起一种强烈的征服冲动。她当年错过了这个岐舌国的王子，并为此痛悔不已。现在，她不能再次错失良机。

她带着华服和食盒前往监狱，亲自替他脱衣，用温水洗濯他的身体，看着他的秘器在她面前勃起，又替他披上绫袍，斟上美酒，要求他成为她的辅臣，跟她一起共图大业，消灭青丘国，杀死仓颉和妙这对狗男女。

狐正看着这个美艳如花的前后母，觉得她真是心如蛇蝎。他扔掉华服，重新披上粗劣的囚衣："你还是把我送回监狱吧，我不能成为仓颉和妙的敌人。"

沮诵勃然大怒，命人将其阉割和刺瞎，在声嘶力竭的惨叫声中，把他扔进山洞，又命人每天用带着粪便的生牛肠喂食，让他生不如死地苟活，饱尝因忤逆她而带来的苦痛。这苦痛将永久缠绕他的肉身，直到他像鼹鼠那样死掉为止。

她又去见当年的师弟毛简。但他出乎意料地表现出顺从的姿态。他脱下肮脏的囚衣，匍匐在沮诵脚下，舔她的鞋履和脚背，向她表达自己的忠诚。沮诵一边跟他造爱，一边用竹条用力抽打，露出鄙夷的表情。“你这畜生，你这卑贱的畜生！”她在狂乱的发泄中企及了难以言喻的高潮，然后一脚踢开这个男人，像踢开一条草狗：“滚吧，从今往后，你就是我的字奴。”

沮诵每天都要去蹂躏毛简几次，九黄默许了她的这种权力，而毛简也喜悦地接受了王妃粗暴的眷顾。本地黄牛已被掠夺和屠宰殆尽，牛胛骨的来源日渐稀少，暗字的传播，需要借助新的介质。毛简为此启用了他从前的发明——竹简。他把沮诵发明的暗字，组合成为一种叫做“句子”的单位，然后逐个抄写到细长的竹片上，再用细麻丝把它们编缀起来，由此形成完整的“书册”。这是廉价而美妙的文化产品，就连九黄都为之赞叹。

“妈的，你是怎么弄出来的？”他打开竹简，看着书写在上面的每一个句子，感到无比惊愕。他知道，光凭这项把语词连缀成句子的发明，他们就能击败仓颉和妙，让世界的进程彻底转向，而胛羌的功绩将永载史册。

3

三年后的某个深夜，在最后一片牛胛骨被沮诵击碎时，仓颉大帝终于死了。他的骨头从疼痛开始，然后一寸一寸地断裂，最后连牙床骨和牙齿都化成了碎片。他就这样无限绵软地死去，犹如一个无骨的肉团。妙抱起他的身躯，就像抱起一件沉重的丝质袍服。她把他的身躯叠成四折，放进一只玲珑的衣箱，然后抚箱恸哭，哭了整整三天三夜，流出来的眼泪汇成一条河流，妙称这条小河为“颉水”，用以纪念他心爱的夫君。城里的女人们发出喜悦的欢叫，因为她们从此可以在这条洁净的咸水河里洗澡了。

颉在生前给妙留下了一件礼物。他用意念造出一个“美”字，又把这字刻写在龟版上，然后用咒语把它变成一头大羊，看起来似乎是山羊和绵羊的杂交品种——长着山羊般的弧形大角，但下巴洁净，没有常见的胡须，却浑身长着绵羊般的白色卷毛。他说：“这是你的宠物。‘美’加上‘妙’，是无限美妙的意思，它将替我陪伴你，让你的未来长久地美妙下去。”妙满含热泪地接纳了这个宠物，从此跟它形影不离。

依照仓帝的遗嘱，副手昆吾担任了新一任的国王，他任命麻丝为自己的尹相兼大祭司，主持祭祀、观星、礼仪和誓约，妙则在幕后给予指导，继续她的垂帘听政。为了彰显仓帝的德政，她请求昆吾周期性开仓放粮，赈济那些贫苦的百姓，她还开放了仓颉神庙的三间厅堂，让那些流浪汉在里面栖身，躲避寒风和雨雪。她甚至当街阻止两起暴力抢劫事件，救下受伤的老妪。她知道人心正在变坏，她要力挽狂澜。

妙的头发此前已经渐白，而在颉谢世的那个夜晚，剩下的青丝也变得皓白如雪，远远望去，犹如白头女神降世。妙在仓颉神庙里主持盛大的葬礼。没人知道仓帝的确切死因。只有妙朦胧地意识到，他死得非常蹊跷。但就在葬礼结束之际，她恍然大悟地发现，正是自己用这座建筑物杀死了国王，因为神庙从来都是纪念死者的。她的灵魂，从此被这种巨大的悔恨吞没。

沮诵女扮男装，以商人的身份前往青丘国参加王的葬礼，她躲在密集的人群里，满怀仇恨地望着主持葬礼的妙，眼里燃烧着熊熊大火。只有国师麻丝看见了人群里的火焰，它来自一对明亮而邪恶的眸子。

人群散去之后，麻丝叫住了沮诵：“这位先生请留步。你的眼睛如此明亮，照亮了整个葬礼，不知是否愿意留下小酌，也照亮一下本国师的陋室？”

沮诵微微一笑：“原来是大名鼎鼎的国师大人。你能从茫茫人群里看见鄙人，一定也是心明眼亮的人物。”两人相视而笑，仿佛遇见了陌路知己。

麻丝领着她来到自己的住宅。院子里的鹅鸭见到沮诵，纷纷拍着翅膀逃走，仿佛看见了鬼魅。麻丝哈哈一笑：“你身上杀气太重，连家禽都避之不及。”

沮诵没有解释，调转话题说：“我知道你是麻结的儿子，当年你父亲因那场大赛失败而死，那位昆吾真是胸襟开阔，会启用你这样的可疑分子担任尹相。”

麻丝淡淡一笑：“那是我的造化而已。我知你就是那位大名鼎鼎的沮诵，不知这次易容而来，有什么新的谋划？”

沮诵说：“能邂逅结绳英雄的后人，我深感荣幸。多少年来，我一直纳闷的是，既然你们尊奉的是女娲大神，为什么伏羲神要背叛自己的妻子，而要指导仓颉另创文字出来？”

麻丝说：“其实我也不懂得这其中的缘由。我只知道当年女娲和伏羲结为夫妻，用互相缠绕的蛇尾表达绳结的意象，那是结绳派创意的起源。”

沮诵笑道："女娲和伏羲打下的绳结已经散开。现在是用意念造字，又用字来创造世界的时代，国师不必为此伤感，你已经站在新时代的前沿。"

麻丝也笑了："我身为结绳派元老的后代，却是地道的字造派。只是由于仓颉垄断字造的权力，以致身为青丘国的贵族，我们被抛弃在这场变革之外，成为袖手旁观的傻瓜。"

沮诵说："国师说得好。我们可以联手，推翻大字造者的独裁，让所有人都拥有造字的权利。"

麻丝的助理皮雍在一边仔细听着，突然插嘴道："这位先生所言极是，解除了我多年来的困惑。字只是工具，它没有善恶之分，字造术也不能被垄断，它应该成为每个工匠的职责。"沮诵听到这番言论，不禁正眼看了这十六岁的英俊男孩，突然被他的青涩气质打动，心里燃起另外一种火焰。

她当时还不知道，皮雍其实是她的同门师弟。当年她被逐出师门之后，一批具有异能的小童被仓颉选中，成为字造学校的新生，而皮雍是其中的佼佼者。他能够用耳朵听字，觉察出深藏在每个字里的言辞。他懂得字魂的悲欢，也懂得字的来历和意愿。他就此掌握着每个字的秘密。但仓颉担心这种异能会把字造运动引向歧途，最终放弃了对他的教诲。皮雍离开字造学校，成为麻丝的书童。他的职责是把主人的思想刻录在龟版上，最终形成指导本国人民的精神指南。

沮诵告辞离去的时刻，把一根小胛骨塞进皮雍手里。皮雍回到自己房间，从袖里取出牛骨，发现上面刻着沮诵投宿的客栈名字——妇好，其上还带着沮诵的手温。皮雍放在耳边听了一会儿，意外地发现，刻写“妇好”的是一位情欲高涨的女子。他还从字缝里听出那女子的热切召唤：“来吧，你来找我吧……”

当天夜晚，皮雍带着礼物前往妇好客栈，敲开沮诵的房门，看见里面站着一位美丽的女子，长发披肩，浑身洋溢着咄咄逼人的性感。虽然此前已经有所预料，但他还是露出无比惊讶的神色。沮诵把湿润的嘴巴，温存地贴上了他的嘴巴。他浑身战栗，身子像雪人一般迅速融化。很久以后他才知道，那是来自暗黑世界的封印。

4

满头白发的妙，肌肤犹如婴儿，脸上没有一根皱纹，所有人都视她为女神，就连骄傲的昆吾都不敢造次。他每日都要捡最要紧的政务向妙禀报，而妙会当即做出犀利的评判。昆吾据此做出正确的选择。这样的治国方式，大家都习以为常，仿佛那是天经地义的事情。

她的九个儿子夭折了四个，剩下的五个，由一位远方的无名神祇秘密抚养，那是颉为自己留下的后手，万一自己被人杀害，他们可以继承自己的遗志。但在没有颉的日子里，妙的空虚日益加剧，她需要一种释怀的方式。除了定期去神庙主持施粥仪式，探视那些无家可归的流浪者，她开始在夜间服用一种含有大麻、苏摩叶和曼陀罗花的美酒，然后用昆吾赠送的铜镜自照，颉就这样出现在镜里，满脸皱纹，带着忧伤的表情。他们在月下和镜子里约会，言辞稀少，但彼此都能握住对方的灵魂，看见它们在不倦地舞蹈，上演青春时代的戏剧。那头叫做“美”的大羊坐卧在她身边，面对主人的镜像游戏，目光安谧而又好奇。

昆吾时常来探视她，向她讨教国家的大政方针。妙请他饮服一种她自己采摘的树叶，晒干后用水冲泡，有一种奇异的香气，昆吾每一次喝它，就会两眼炯炯放光，仿佛被一种莫名的能量照亮。妙是他的师母和偶像、人世间最完美的女人。由于这场秘密的崇拜，他对其他一切女人都丧失兴趣。在谈论过政务之后，他喜欢手捧陶杯，默默地望着光华四射的师母，周身笼罩在某种温暖的痛苦里——她近在咫尺，又好像远在天边。

为了节省国家开支，妙拒绝了昆吾提供的薪俸。她在自家后院种菜和养猪，看见大羊“美”身上毛多，就从它身上薅了一大堆卷毛，用纺锤捻成细线，为自己打起了毛衣。大羊性情温和，听任妙在自己身上胡作非为，只是在被弄疼的时候，才发出一声低低的叫声。

妙还时常在夜半人静时分，从夹墙里取出那只铜匣，从一大堆龟版和牛骨中翻找那些著名的原字。大羊在一旁目不转睛地看着。妙对大羊说：“这是颉的遗产，跟后起的模仿字不同，它们是所有字的源头，是世间一切事物的原型，具有强大的魔法力量，一旦被释放出去，天下的秩序就会大乱。”

看着妙恐惧的表情，“美”低低地应了一声，仿佛很赞同她的见解。

沮诵坚持着跟少年皮雍的幽会，但地点被移置到仓颉神庙。在祭司的密室里，他们翻江倒海，贪婪地吸吮着对方的液体。在蜜月达到高潮的那些日子里，沮诵甚至放弃了复仇的信念。每一次造爱完毕，她都会大汗淋漓地想：“要是永远这样该有多好。就这样好了，就这样吧……”

皮雍在她耳边梦呓般低语：“来吧，我的小妈，让我们一起用意念去征服那个贪婪成性的世界。”

沮诵疲惫地笑了，发现这个美少年比她更野心勃勃。她揽住他的脖子，好像揽住了他的灵魂。她知道自己为什么喜爱这个男孩，因为他简直就是颉的复制品，像颉那样眼神单纯，灵魂有力，就连他的秘器，都长得跟颉一模一样。

负责监视沮诵的胛羌密探，向九黄禀告了沮诵跟皮雍私通的情报。他顿时醋意大发，砸烂了身边的所有器皿，随即用飞鸽传令，要沮诵立刻回国述职。沮诵需要大笔经费的支持，于是恋恋不舍地跟皮雍告别，踏上了回程的道路。

九黄见她时的第一个动作，就是扯掉她的腰带，掀起她的长裙，像猴王那样翻检她的性器，看有没有虱子、跳蚤和其他什么寄生虫。他要用这个举动羞辱她。沮诵果然被激怒了，她当众抽了国王一记响亮的耳光。国王也被激怒了，拔出腰间的青铜短剑，锋利的刀锋在空气中里战栗，发出“嗡——”的震颤声响。沮诵毫无惧色地挺胸迎去：“你刺，你刺，你来刺呀！”

九黄忍无可忍，一下刺穿了十号嫔妃的胸脯，然后

他们在月下和镜子里约会，言辞稀少，但彼此都能握住对方的灵魂，看见它们在不倦地舞蹈，上演青春时代的戏剧。那头叫做“美”的大羊坐卧在她身边，面对主人的镜像游戏，目光安谧而又好奇。

——《大字造师》

又悔恨莫及，哭丧着脸坐在尸体旁发呆。但浑身是血的沮诵忽然坐了起来，深吸一口气，放声大哭。九黄无比惊愕地望着这死去活来的妃子，不知她到底有什么神通。他说："我们和好吧，我再也不杀你了。"

沮诵说："你这杀人犯，你不是我的干爹，你不配当这国的王。"

九黄劝了很久，甚至反复道歉，但沮诵仍然无法原谅他的暴行。九黄只好派兵将她逐出胛国，并冲着她的背影说："你给我滚开，你就是个贱货，你是没爹的杂种！"

沮诵眼含羞辱的眼泪走出王宫，胸前犹自带着大片血迹。她被九黄最后的话深深地刺激了，她走进一座乡下路边的小神庙，朝着面容毁坏的神像发誓：除了推翻妙的统治，她还要找回自己的亲生父母，并让九黄跪拜在他们脚下。沮诵这么对神发誓的时候，仿佛已经看到了令人激动的结局。

沮诵再次潜回青丘国，形只影单，蓬头垢面，就像一条丧家的野狗。少年皮雍收留了她，把她藏在自己家里，并充当她跟麻丝间的秘密信使。皮雍只有一个瞎眼的老母相依为命，住在离城两里地外的狐庄。据说那里从前曾经是个野狐成群的地点，而今成了皮雍窝藏情人的据点。少年皮雍现在要伺候两个女人，一个是他的老母，而另一个是他的新妈。他眼眸明亮，心里充满了新生的喜悦。

沮诵开始着手调查自己的身世，她化装成男人返回故乡——那个叫做穷蝉的地方，四处打听那个叫做沮诵的女孩。没有人记得这个女孩，也没有人记得她的父母和家人。有好心人告诉她说，在这一带，过去曾经居住过许多来自北方的逃难者，他们像蝗虫般飞来，栖息一阵之后，又像蝗虫那样飞走。没人记得他们的容貌和身份。沮诵一无所获。

在备受挫折之后，她只好把全部注意力，倾注于暗黑系新字的创制。奇怪的是，也许是因为那次死而复生，沮诵突然恢复了字造的能力。她造出的黑暗系文字强悍有力，直接触发新事物的生长浪潮。就在那个跟皮雍热烈造爱的夜晚，她穿上衣服，灵感如涌，一个“狂”字在她的刻刀下奋然诞生。大地上的所有犬类都发出了狂吠，彻夜不息，仿佛天崩地裂。

皮雍是沮诵最年少的情人，也是她最强大的护法，他运用耳闻、舌舔和手触的异能，来觉察字的呼吸，判断它们的死活。因为并非所有的黑字都是活物。其中大多数刚刚诞生，就已经死去，而死字无法产生意念，不能担负起创造新事物的使命。

沮诵不倦地营造她黑字体系，从“霸”“癞”“骗”到“凶”“顽”“贪”之类，刀法狠辣遒劲，熔铸着仇恨、期盼和必胜的意志。她的信念灌入文字，令其成为真正的活物，拥有暗黑的灵魂，并能够在世间创造出相应的事物。这是一种符号的魔法，沮诵就此成了暗黑世界之母。皮雍惊讶地看到，当“骗”字诞生时，青丘国突然冒出了大批骗子，而当“凶”“殴”和“脏”字诞生时，城里多处爆发激烈的斗殴事件，各条街道一夜间充满各种垃圾，变得臭气熏天。暗黑系文字展示着强悍的力量。皮雍激动得浑身颤抖，他知道，沮诵是伟大的女神，她正在缔造一个生气勃勃的新人间。

为了加快世界格局的变革，皮雍开始组织龟版、牛骨、竹简甚至丝帛的生产。他动员了附近的数十户农民，让他们参与到材料的制作之中。介质的大幅度拓展，加速了黑字的生产和传播。它们以数学的方式在青丘国流行，不可阻挡，悄无声息地腐蚀民众的灵魂，改造着青丘国的道德面貌，并且向邻国大肆蔓延。沮诵还用从黑市赚来的钱采购兵器，收买官员和扩大成员。她的队伍在茁壮成长。最终，整座青丘城都成了她的秘密战地。

昆吾忙于指导青铜器铸造，对这些细微的变化毫无觉察。但妙还是得到了一些支离破碎的情报。她知道沮诵就在城里某处，甚至可能就在身边，并正在暗中观察自己的每个举动，而自己却对此一无所知。

妙于是越过昆吾，直接向麻丝下令，要在青丘国里展开针对沮诵的全面搜捕。麻丝忠实地执行了这道命令。他派兵绕过狐庄，在城里大肆搜捕，抓了数百名无辜居民，还煞有介事地杀了几名胛羌的间谍，弄得鸡犬不宁，民怨沸腾。沮诵端坐在狐庄的帐幕里，抚摸着皮雍的脸颊，满含喜悦地看着妙不断犯错。她知道，随着妙在声誉上的不断挫败，她揭竿而起的时刻即将到来。

麻丝说：“我有办法得到那只传说中的铜匣。”

沮诵说：“只要有它，我就能改变世界。”

麻丝说：“我已经拟定了一个行动方案，姑娘不必担心。”

沮诵说：“我不担心尹相的才能，我只担心，日后虽然得到了整个世界，却还是找不出我的来历。我需要知道自己的身世，你应该懂得，人民只崇拜高贵而神圣的血统，他们绝不会拥护一个没有来历的领袖。”

麻丝说：“我们有用来登记人口变迁的户籍档案，只是暂时被昆吾掌握而已，很快我就能拿到库房的钥匙。另外，实在无法找寻的话，我们可以编造一段完美无缺的历史。”

沮诵冷冷地说："我不要编造，我只需要真相。"

麻丝羞愧而惶恐地低下头去。

5

沮诵是妙的最大心病。她郁郁寡欢，长期失眠，最终卧床不起。由于担心有沮诵的密探，妙辞退了那些侍女，还拒绝了昆吾要亲自照料她的提议。她孑然一身地躺在床上，陷于半昏迷的状态。就在病眼朦胧之中，妙看见屋里出现了一位容颜美丽的女孩，仙子般飘来飘去，替她端水喂药，犹如挚爱的亲人。她非常惊讶，盘问她的来历，那女孩微微一笑，咩地叫了一声。妙突然醒悟过来，知道她就是大羊"美"。她幻化为人形，开始照料她的生活，比过去所有侍女都更体贴入微。

妙说："美啊，你怎么就像我亲生的女儿。要是你能说话，我就让我最小的儿子娶你为妻。"

"美"心灵手巧，眉眼间都流动着难以言喻的灵气。她悉心照料妙的起居生活，却不能说话，只会发出"咩咩"的羊叫。但妙能听懂她的语言。羊语是一种高级形态的语言，在生灵界的级别仅次于鸟语。妙似乎天生就是大羊的密友，她们相貌相似，彼此理解对方的语言，逐渐变得亲密无间起来。妙记起颉的临终遗言。他说过，“美”和“妙”结合起来，是一件无限美妙的事情。当时她并不理解这话的意思，现在好像有点懂了。

昆吾第一次看见“美”的那个瞬间，不免有些惊讶，但随后便习惯了她的存在。不仅如此，他开始把对妙的情意转移到羊女身上。妙高高在上，凛然不可触碰，但“美”的容颜可以跟妙媲美，却如此温婉乖巧。昆吾牵起她的小手，跟她讲了一个关于妙的笑话，“美”咩咩地笑了，脸上露出香甜的表情。昆吾的心原本已经枯槁，如今却充满了前所未有的暖意。

他们就这样度过了寒冷的冬季。春天悄然降临，妙的病已经基本痊愈。一个宁馨的半夜，腊梅正在月下怒放，散发出浓郁的花香，妙像往常那样平静地入睡，刚刚触摸到梦境的边缘，就听见美在失声惊叫，原来家里发生了火灾。大火从楼下堂屋烧起，迅速蔓延到二楼。

妙赶紧起床，从卧房夹墙里抢出了那只她视若珍宝的铜匣，抱着它逃出屋子，刚刚放在地上，身后突然闪过一条黑影，妙意识到那可能是纵火者，赶紧掉头去追，那影子已不见了踪影，妙回身一看，宝贝箱子竟不见踪影。妙放声大哭，知道自己犯下了滔天大错。

昆吾闻讯赶来，意识到事态的严重。他亲自指挥王室卫队，将这一带团团围住，挨家挨户地搜查，果然抓住了那名纵火的黑衣人。那人经不住棍棒齐飞的拷打，在惨叫声中说出了幕后主使者，原来那是昆吾最信任的高官——尹相麻丝。

昆吾大惊失色，下令火速逮捕这个无耻的叛徒。四个城门全部关闭起来，道路戒严，任何人不能走动。一支两百人的军队，将麻府团团围住。

当时麻丝正在自己府上召开秘密会议，大多数参加叛乱的官员都在现场。麻丝向众人讲述了当年众神之战的秘密。原来伏羲曾是女娲的丈夫，但女娲坚决反对文明的诞生，认为那会给黄金时代的人类带来巨大的灾难。她坚持蛇结所代表的结绳记事法，因为只有绳结才能捍卫人类的纯真灵魂。

麻丝向众人解释说，麻结作为女娲神庙的祭司，忠实地捍卫了女娲的意志。但伏羲决意要进行变革，把人类引向文明。他杀死自己的妻子，并指导仓颉把女娲神庙变成自己的祭庙。仓颉造字时，麻丝只有九岁，但他听见了来自宇宙深处的哀歌。他表情沉痛，沉浸于对往事的缅怀之中。

就在这时，昆吾的士兵解决了哨兵，冲进屋去，把叛乱分子一网打尽。麻丝举起双手，顺从地接受了被捕的事实。两天以后，约三十多人被砍下的头颅，分别放在三十个铜鼎里，在王宫前摆成一个方阵。那是对所有叛逆者的严重警告。

昆吾亲自审讯麻丝，要他交出铜匣及其全部原字。但麻丝说，他不知道铜匣的下落。他还嘲笑昆吾不识天机，不知青丘国气数已尽。昆吾怒斥麻丝的背叛行径，把他跟古时候的凶兽饕餮相提并论。麻丝索性闭上嘴巴，摆出一副死猪不怕烫的样子。昆吾无奈，只好亲自动手，把麻丝高高地绞死在王宫后院的大树上。

麻丝到死都拒绝说出箱子的下落。就在断气的瞬间，他越过宫墙依稀看见，皮雍正骑着毛驴，带着铜匣出了城门。麻丝知道，铜匣即将落到沮诵手里，而她的人马将取得最后的胜利，九泉之下的父亲，一定会为儿子的这份努力击节叫好的。昆吾惊讶地看见，麻丝的瞳仁突然明亮起来，里面现出麻结正在结绳记事的幻象，随后便永久地黯淡下去，像燃油枯尽的灯盏。

沮诵那天没有进城出席会议，侥幸逃脱了围捕。她没有放弃寻找父母的意愿。她找来那些族长，忙着向他们打探那些陈芝麻烂谷子的旧事，要他们盘点二十年来的户籍变迁，看看有没有发音为“沮诵”的姓名出现。

族长们费尽心机，也没有找到任何蛛丝马迹。沮诵的心情变得沮丧起来："老天啊，你为什么要藏匿我的身世？"她生气地叫道。

凌晨时分，皮箍从城里逃回来，在给她带来麻丝被捕消息的同时，把沉重的字匣交到她手里。沮诵发出了狂喜的笑声。她抚摸着冰凉的匣身，双手颤抖，犹如在摩西在抚摸约柜。她迟疑地打开箱子，逐个取出那些刻在胛骨上的暗黑系原字，最后，她还释放了那片刻有"魔"字的骨头。

但她在铜匣里反复搜捡，也没能找到"龙"和"凤"的原字。也许它们神秘地飞走了，而且不知所终。沮诵心里充满了恨憾，因为她没有看到那对世界上最神奇的文字，它们由颉亲自发明和刻写，曾是人类希望能量的源头，可以成为感召人民的最高符号。还有一个遗憾，是她没有找到关于自己身世的任何线索。

暗黑系文字的原型，逐个飞向满是星光的天空，在那里像焰火一样爆炸，变幻出璀璨的字形图案，然后融化在暗夜之中，仿佛已经融入了人类的灵魂。没有人知道它们如何逐层地自我复制、派生、繁殖，并转换成世间万物，也无人知道它们是如何蜕变、衰老和死亡，就连仓颉本人对此都一无所知。这是神为人设置的智识门槛。但沮诵知道，正是由于它们的存在，正在变坏的人性，加剧了颓败的进程，到处是暴力、谎言、色情和对钱物的膜拜，整个青丘国陷入一场巨大的道德危机。

妙的身体已经康复，但她的忧虑变得更深。她知道，城墙无法防范城墙里面以及人心的敌人。妙每天都在神庙里布施，把食物分发给那些无依无靠的老人。她在努力用自己的十个手指，按住世界的百孔千疮。她还长时间跪在神庙里祈祷，指望天神能够出手扭转劣势，制止这个世界变坏，但众神对此保持了令人费解的缄默。

这天，天神伏羲突然降示了语焉不详的旨意。他出现在妙的梦里，手里捻着一根绿枝，上面开着五朵白色的大花。她猜那可能喻指自己的五个儿子。伏羲微笑不语，把花朵抛向身后。妙百思不得其解。不知这个梦境意味着怎样的神谕。

儿子们不在自己身边。她担心他们会有什么灾祸。但她已经失去了探视他们的权利。颉在临终前嘱咐她说，只有最小的儿子长到十八岁，她才有可能见到他们。这是天神的诅咒，也是保护他们的唯一方式。妙不知道，他们其实都在乡野过着平民的生活，并不知道自己的王子身份。他们的职业分别是农夫、木匠、铁匠、厨子和马夫，并以金木水火土命名。他们比宫廷里的任何人都更幸福。

“美”其实是一个能预知未来的羊仙，但她没有人类的舌头，无法说出她的预言。从镜子幻象的深处，她看见了悲惨的死亡图景。她为妙梳理柔软的皓发，眼泪大颗大颗地掉了下来。

“我的‘美’啊，你为何那么伤心？”妙不安地问她的羊女。但“美”只是“咩”地叫了一声。妙把她揽在自己怀里，替她拭去涌出的泪水。

这时妙也感知到了“美”的忧虑，但她还是柔声安慰说：“‘美’不要伤心。一切灾祸都会过去。我的肉身终究会死掉，就像世间的尘土，但灵魂会跟你在一起，继续薅你可爱的小卷毛。”

“美”破涕为笑了，她裹紧了自己的外衣，生怕身上的毛发会不翼而飞。

6

魔拍着柔软的黑色大鳍在苍穹上巡游，它的阴影遮蔽了整个天空。大地上的人民都为此惊呆了。他们中的许多人曾经有过昔日噩梦的记忆。他们害怕得浑身发抖。大批士兵扔下了刀戟，拒绝跟魔的军队作战。魔尚未发起攻击，青丘国已经人心涣散。

沮诵以城池和人民为诱饵，说服其他方国，建立起讨伐联盟。妙打造的城墙虽然固若金汤，有重兵把守。但一名忠实于麻丝的士兵趁夜打开了北门，让侵略者毫无障碍地进入城市。随后，其他城门也被相继打开。第二天清晨，全城民众都上街欢迎敌国军队的到来。他们厌倦了昆吾的统治，也对妙的垂帘听政感到失望，决定归顺那个更加年轻有为的女神。沮诵的事迹此前已在民间大肆传播，眼下被添油加醋之后，再度盛行起来。在那些传说里，她成了饱受颉和妙迫害的蒙难英雄。

九黄听闻沮诵的胜利，为当初所下的杀手懊悔不已。他知道，这个女人一定会来向他寻仇的。他赶紧派人向沮诵送去一万两黄金，希望能得到她的赦免。沮诵收下了黄金，但还是派出九名杀手，把九黄的身体切成九块，分送给他的九个嫔妃。

国王昆吾眼看大势已去，劝妙跟他一起逃走。遭到妙的拒绝。妙说："昆吾呀，你先走吧，我很快就会追上你的。""美"柔肠寸断地望着国王，仿佛有千言万语，欲言又止。昆吾看着这两个心仪的女人，心如刀绞。

妙强令国王换上农民的服装，带着五个女儿逃出城去。他的使命是找到颉和妙在远方的五个儿子，把龙首权杖和和田玉国玺交给他们。昆吾一步三回头地走了，眼里含着诀别的热泪。妙不知道，昆吾后来果然找到了颉的五子，然后一同向西方逃亡，越过流沙之地，去到遥远的天竺，在那里建立起一个新的汉人王国。

妙没有告诉昆吾，为了她和颉的尊严，她决意要跟这个王国同归于尽。她先是派人前往粮仓，把所有食物全部分发给百姓，以便他们能够度过那即将来到的艰难岁月。然后，她火速赶赴王宫，召唤那些颉的旧部，组起一支两百人的敢死队，用铜戟、宝剑和弓箭，跟沮诵的叛军做殊死搏斗，但因为寡不敌众，被数千名叛军逐个杀死，最后只剩下大臣奚仲、岐伯和几名战士，紧紧护卫在妙的四周，遍体鳞伤，浑身是血，已经丧失了最后的战力。叛军一拥而上，将妙紧紧地捆绑起来，像是要绑住一个会飞走的精灵。

沮诵就这样如愿以偿，成了青丘国的女王。她还派兵去吞并九黄的胛国以及其他国家，把它们全部纳入自己的版图。她下令焚烧仓颉的神像，又树起自己的神像，改庙名为“沮诵神庙”。她的首席工程，就是以大字造师的名义，亲自主持《沮诵圣字法典》的编撰。这是世上

第一部完备的汉字大典，收集了被发明出来的所有白字和黑字，并为它们标上读音、语义和用法，用素帛抄写成三百个副本，分送给那些方国的君主。那些被无数次派生的文字虽然都是死字，无法创造事物，但足以用来记录人事。沮诵豪迈地向世人宣布说："我才是世界的真正创造者。"

在大字造师的登基仪式上，沮诵要用妙来向女娲神献祭。她命人把妙押上高台，命人撕掉妙的衣服，当众羞辱她的灵魂和身体。"你终于落到了我的手里。这些年来，我一直等着这一天的到来。"沮诵望着妙的身躯，咬牙切齿。

妙表情恬静，仿佛已经预见到自己的终局："你虽然夺得了王国的权力，但你不是真的赢者。"

沮诵的嗓音因愤怒而变得尖细起来："你，你，你才是失败者，你是我的俘虏，我可以任意处置你的身体，我可以让你生不如死。"

妙说："你的确有这个权力，但你无法处置你自己的身体和灵魂，你甚至不知道自己是谁，从何而来，又会有什么样的下场。"

妙的话尖锐地刺痛了沮诵，她变得怒气冲天。

妙说："我知道你在到处查找自己的来历，还是让我告诉你吧。你是颉的造物，你是他的孩子。你正在摧毁的，正是你父亲的基业。”

沮诵狂怒地从士兵手里夺过板斧，将妙的身子从头到脚砍成两半。台下的人民发出了恐惧的惊呼。许多人开始失声痛哭，为国母的死亡感到震惊，又为自己对敌人的臣服而感到羞耻。

妙的身子虽然被劈成两半，却没有丝毫的鲜血流出。人们开始窃窃私语，不知究竟是什么缘故。就在沮诵走过去细看的瞬间，妙的尸体变成了两片龟版，闪烁着温润而神异的光泽。沮诵弯腰拿起龟版，看见上面分别刻写着“女”和“少”两个字，刀法遒劲而流畅，正是颉本人的风格。沮诵刚想嘲笑这两件旧物，手里的龟版就迅速化为尘土，从她的手掌里流失，被大风吹得一干二净。

7

沮诵伸着手，呆呆地看着空无一物的手掌，头脑里不断回旋着妙的最后遗言。她的登基典礼变成了妙向民众辞别的仪式，这是她始料未及的。不仅如此，她还受到了妙的当众揭发。她被判处为仓颉的孩子，并要为背叛自己生父的行径而接受道德审判。

沮诵拒绝相信妙的遗言，认为那是她的诡计。她要置自己于不仁不义之地。“这个坏女人，面若桃花，毒如蛇蝎，真的是毒如蛇蝎啊！”她大发雷霆，高声叫骂，在王宫里发泄着严重挫败的情绪。随从们面面相觑，不知该如何安抚这个失控的女王。

皮雍处理好登基仪式的后事，从宫外信步走来，面带微笑地对女王说：“今天是我们的胜利日，陛下累了，应该休息一下。”

沮诵见到皮雍，犹如见了救星。她抱着少年失声大恸，哭得惊天动地，日月无光。皮雍牵起她的手，把她领到颉和妙的寝宫，这里已经多年无人居住了，但由于精心打扫，还是保持了整洁的原貌。侍女们像往常那样点燃香锥，四周弥漫着百合、水仙和甜橙的香气。沮诵哭得累了，颓然倒在柔软的垫褥上，一时说不出话来。

皮雍说：“也许我可以用异能测试一下，看看这究竟是谎言，还是……”

沮诵粗暴地打断他说：“你去查吧，那一定是她的谎言。”

皮蕹走进仓颉的书房，看见一只大羊安静地坐卧在屋角。他下令不许任何人进来，但没有驱赶那头性情温顺的家畜。他小心翼翼地打开沉重的铜匣，取出全部龟版，把它们排列在大桌上，逐个检查上面的原型汉字。因为数量众多，而且部分原字已经磨损，难以辨认，探查的进程变得出乎意料的缓慢。

黎明时分，天上淅淅沥沥地下起雨来。借助刚刚亮起的晨曦，皮蕹终于找出了四片字迹模糊的龟版，用耳朵听了一回，果然是“氵”“且”“言”和“甬”四个原字。皮蕹把它们拼成了“沮诵”一词，然后把它们依次叠起来，用双唇含着，眼前恍然出现仓颉当年造字时的场景。他看见仓颉造出了第一个原词，它是有生命的，幻化出一个名叫“沮诵”的少女。他还透过幻象看到，仓颉造“沮诵”一词的时候，他的外婆刚刚死去，颉的心里充满怨念，沮诵正是从这怨念中诞生，并且被赋予了暗黑的人格。

沮诵醒来之后，皮蕹平静地告诉了她测试的结果：仓颉是她的“亲生父亲”，而妙是她的“亲生妹妹”。她俩都是颉用意念创造的灵魂，一个代表黑暗，另一个代表光明。颉在造出她们之后说，让我来看看，在姐妹俩的博弈中，究竟谁会杀死对方，赢得我所创造的这个文明世界。皮雍劝慰地笑道："现在，你可以把结果告诉你父亲了。"

沮诵顿时陷入空前的精神混乱。她亲手杀死了自己的缔造者，却无法接受这个残酷的真相。她从皮雍手里夺过龟版，在滂沱大雨中狂奔而去，一边声嘶力竭地高喊："父亲，我的父亲，你是骗子，你是世上最坏的骗子……"

皮雍领着一队士兵在女王身后追赶，但他太年轻，不知道该如何阻止这个心爱女人的失疯。人民在大街上静观，露出鄙夷的表情。一名云游僧在雨中站起身来，冲着飞奔的队伍喊了一声，在闪电亮起来的瞬间，有人认出他就是狐正，那个被沮诵刺瞎双眼的岐舌国王子。他拄着拐杖，凛然站立在街边，说出最恶毒的咒语。闪电照亮了他高大而瘦削的身影。

大羊从屋角慢吞吞站起身来，从容地走到书桌前，从龟版和牛骨堆里轻易地找出了"龙"和"凤"的原字，但没有找到"魔"字。她把这两片龟版放进嘴里，平静地嚼着，犹如嚼着鲜嫩的青草，直到把它们仔细地嚼成粉末，徐徐吞咽下去。她知道沮诵曾经试图寻找它们，但颉赋予其自我隐身的法力。从今开始，世间将再也没有真的龙凤。此后流行的，都只是被逐级复制的死字和死图形而已。它们唯一的意义，就是维持着龙凤俱在的神学幻觉。它们将是人间信念的最大骗局。

“美”吃完她的美食之后，面朝天空“咩”地叫了一声，似乎在告知妙的在天之灵。咆哮的雷电遮蔽了这件完美的罪行。

自　跋

欲望，是我这些年来持续研究的一个主题。欲望的触发和诞生，欲望的原型、现代欲望的形态及其生长样式，当代欲望生产所制造的文本，所有这些话题都是围绕欲望展开的。欲望是后现代哲学研究的核心对象。

本书试图借用佛家的“六识”（眼耳鼻舌身意）架构，以跟农业文明一起死亡的那些隐秘行业为题材，描绘农业文明时期“中国欲望”的基本样貌。通过故事主人公的欲望简史，读者可以看到欲望生长的隐秘进程。

什么是中国欲望？这个问题是写作者的首要问题。只要读一下文学史就不难发现，从《诗经》和《楚辞》开始，食欲、肉欲、情欲、功名欲和权力欲，这些基本的生命母题，早就成为古代欲望的主体，同时也是支配现代中国人的内在动力。欲望的载体是短命的，而欲望是永生的，超越了我们所能观察到的所有时空。东方欲望是中国人最强悍的文化遗产。

针对欲望迷津大规模生长和蔓延的现状，释迦牟尼尊者教诲说，“六识”点燃和照亮了人的欲望，但由于欲望和现实之间的巨大距离，痛苦应运而生，成为生命的最高本性。痛苦和欲望的比值是呈正向的：有多炽热的欲望，就会收获多强烈的痛苦。

正是通过对欲望的窥视，我肤浅地握住了中国人的痛苦。而耐人寻味的是，我也看到了一个热衷于用快感掩饰痛苦的民族。他们善于用语词巫术营造各种幸福幻象，并在彼此祝福的语词按摩中度过终生。作为强大的幻象民族，中国向全世界提供了完备的样本。

文学是语词巫术中的一种，而且是所有语词巫术中最笨拙的一种，它能有限地转达欲望，甚至点亮欲望，让它熊熊燃烧起来，却无法满足欲望。在人和欲望的博弈中，文学通常只能是纵火者，而宗教才是灭火者。这种意识形态分工注定了文学的属性。

但《六异录》无意成为欲望的点火者，它只是一组历史窥视的记录而已。它要以传奇的方式告诉读者，欲望是如何诞生、繁殖、饱和、衰退和幻灭的，又是如何制造生命的欢愉、痛苦和死亡的。你将看到一个发生在“三观”层级上的悖论：本书是一部关于欲望的神话，拥有虚构性文本的面貌，却试图真切地触摸中国人的欲望，以及因欲望而产生的幻象界。

毫无疑问，任何文学史都是欲望表达史。这些年来，“欲望”是我研究的重要对象。但以如此“文学”的方式传达中国欲望，对于我而言仍然只是一场艰难的语言实验，充满各种不可预知的危机。写作就是语词的探险，而针对欲望的宏大叙事是更危险的冒进。

自从长篇小说《长生弈》和中篇小说系列《古事记》出版以来，我向小说家的“转型”似乎变得不可逆转。这写作本身就包含着一种隐秘的欲望，那就是不仅要成为一个“会讲道理的人”，还要成为一个“会讲故事的人”。你一定会笑着指出，看哪，这是欲望增殖的一个典型案例。

根据事先的设计，六类异术、六位道师、六部感官和六种幻象，构成六部貌似独立的小说，它们应当在欲望母题上组合成精密的叙事共同体，分别从六种人类感官经验的通道，逼近中国欲望的本性。但在写完这组小说之后，我悲哀地发现，由于认知和技法的限定，我的表达根本无法企及事物的核心。我只能在它的外围打转，犹如一条绕着骨头幻象打转的笨狗。

不仅如此，由于文化自身的缘故，这组小说还散发出怪异和荒诞的气味，让那些喜欢做温情按摩的文学小资们感到不适。对此我唯有致以十二分的歉意。跟那些“类文学通俗读物”完全不同，文学不应当是语词按摩术，而是关于历史/现实真相的揭示，因而必然拥有残酷和荒谬的特征，它要摧毁一切可笑的幻象。当然，我也试图向文本内核注入必要的希望。在解构暗黑幻象的同时，我要把仅有的亮白幻象进行到底，但这不是在讨好读者，而是要让我窒息的灵魂得以呼吸。

《六异录》的各个子篇，此前已先后刊发于各家文学杂志——《花城》《天涯》《山花》《江南》《作品》和《百花洲》等，现在又由出版社结集成册，为此我要感谢编辑们对这种“异端趣味”的宽容，也感谢身边各位朋友的喜爱和鼓励，感谢动漫设计师兼导演邬凡，专门绘出六幅精美的插画，为小说人物和场景提供精妙的造像。没有这些朋友的支持，本书的写作和出版是不可思议的。

2020 年 1 月 15 日记于纽约